Corazón al desnudo

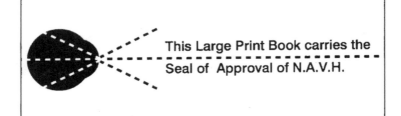

This Large Print Book carries the
Seal of Approval of N.A.V.H.

Corazón al desnudo

Cindi Myers

Thorndike Press • Waterville, Maine

Published in 2005 by arrangement with Harlequin Books S.A.
Publicado en 2005 en cooperación con Harlequin Books S.A.

Thorndike Press® Large Print Spanish.
Thorndike Press® La Impresión grande española.

The tree indicium is a trademark of Thorndike Press.
El símbolo del árbol es una marca registrada de Thorndike Press.

The text of this Large Print edition is unabridged.
El texto de ésta edición de La Impresión Grande está inabreviado.

Other aspects of the book may vary from the original edition.
Otros aspectros de éste libro podrían variar de la edición original.

Set in 16 pt. Plantin.
Impreso en 16 pt. Plantin.

Printed in the United States on permanent paper.
Impreso en los Estados Unidos en papel permanente.

Library of Congress Cataloging-in-Publication Data

Myers, Cindi.
  [Taking it all off. Spanish]
  Corazón al desnudo / by Cindi Myers.
      p. cm. — (Thorndike Press large print Spanish)
  "Título original: Taking It All Off" — T.p. verso.
  ISBN 0-7862-7996-6 (lg. print : hc : alk. paper)
  1. Women journalists — Fiction.   2. Texas — Fiction.
  3. Large type books.   I. Title.   II. Thorndike Press large print Spanish series.
  PS3613.Y467T3518 2005
  813'.6—dc22   2005016199

Corazón al desnudo

Capítulo uno

DE aquí en adelante, las cosas serán diferentes.

Glynna leyó con escepticismo la nota que le había dejado Gordon McCormick, su padre, con los planes que tenía para renovar la imagen del Texas Style, la revista quincenal que dirigía hacía veinticinco años. Glynna no dudaba de que la revista iba a cambiar; su padre había contratado a un nuevo editor jefe y a un nuevo director artístico, decidido a mejorar las ventas y a combatir la fama de publicación aburrida que tenía la Texas. Sin embargo, estaba prácticamente segura de que ella seguiría estando tan esclavizada a su trabajo como siempre.

Miró su mesa abarrotada y se preguntó cómo se había alejado tanto del periodismo, su verdadera pasión. Seguía produciendo artículos para la revista, pero sólo cuando se lo permitía el resto de las tareas que le había asignado su padre. Incluso había tenido que abandonar la investigación de historias que siempre había deseado realizar y que podía significar el espaldarazo definitivo para su trayectoria profesional. En su escritorio había media docena de archivos con material de trabajo para su proyecto, clamando por un tiempo que no podía dedicarle.

Con el ceño fruncido contempló la enorme carpeta que su padre quería que resumiera en un informe, que después apenas miraría. La visión de aquella carpeta le revolvía el estómago.

Respiró profundamente y tiró la carpeta a la papelera. Sonrió relajada al verla balancearse sobre los vasos de café y el envoltorio de un par de emparedados. Sin embargo, el placer duró poco, y pronto se preguntó qué diría su padre si lo viera.

Abrumada por la culpa, levantó la carpeta y volvió a ponerla en su escritorio, sintiendo que la conciencia, en ocasiones, podía ser una maldición.

En aquel momento sonó el intercomunicador.

—Glynna, cuando tengas un momento libre, ¿podrías venir a mi despacho?

A Glynna se le dibujó una sonrisa al oír la voz de Stacy Southern. Una de las pocas cosas que Gordon McCormick había hecho para facilitar la vida de su hija había sido contratar a Stacy de editora. Se habían conocido el día en que Stacy había ido a la entrevista de trabajo. Glynna la había encontrado en el cuarto de baño, tratando de arreglarse una carrera.

Después de dos aspirinas y un par de medias nuevas, Stacy había conseguido el puesto, y Glynna a una nueva y querida amiga.

—Estaré allí en un minuto —contestó.

Glynna salió de su despacho, feliz de tener una excusa para alejarse un rato de la endemoniada carpeta. Al girar en el pasillo estuvo a punto de chocar con Jake Dawson, el fotógrafo más original de la revista. Aunque él se detuvo a tiempo, no pudo evitar que se le cayeran los sobres que llevaba.

—Lo siento —se disculpó Jake.

Ella se encogió de hombros y lo contempló con detenimiento. Con su cabello rubio revuelto por el viento, su ropa de cuero y su camiseta del Museo de Arte Moderno, Jake parecía una cobra en una jaula de palomas. Por mucho que se esforzara por evitarlo, Glynna no podía dejar de sentirse nerviosa ante su presencia. Tal vez era por la intensidad con la que sus ojos azules se posaban sobre ella o por el evidente placer que le causaba no encajar en ninguno de los cánones establecidos para el personal de la empresa.

O, tal vez, era el calor que sentía cuando lo tenía cerca, la forma en que se le encendía el cuerpo cuando lo veía, el incontrolable deseo que le recordaba que era una mujer. Aunque sabía que no quería tener nada con él, se preguntaba por qué podía controlar todos los aspectos de su vida menos lo que Jake le hacía sentir.

—¿Adónde ibas con tanta prisa? —preguntó ella.

Glynna trató de ocultar su agitación y se agachó a recoger los sobres. Cuando se enderezó, dejó caer una fotografía sin querer. La levantó y se ruborizó al ver que se trataba de la imagen en blanco y negro de una mujer desnuda, sentada en una silla, con los brazos en jarras y el pecho descubierto. El cabello que le caía sobre la cara ocultaba su identidad, pero la pose no dejaba lugar a la imaginación.

—¿Te importa? —dijo Jake, quitándole la foto de las manos.

Glynna dio un paso atrás y trató de mostrarse relajada, a pesar de los latidos acelerados de su corazón y del calor abrasador que sentía entre las piernas.

—¿Qué haces con eso?

Él miró la fotografía y sonrió.

—¿No te lo han dicho? Calculamos que las ventas del Texas Style se incrementarían notablemente si empezáramos a incluir un póster central.

Como de costumbre, Jake había evitado

una respuesta directa. No obstante, Glynna se sabía capaz de seguirle el juego.

—Y, desde luego, tú te ofreciste para hacer las fotografías…

—Por supuesto.

—¿Y esto es parte de tu trabajo?

Aunque no era ninguna experta, Glynna podía reconocer un desnudo artístico, y aquella imagen estaba cargada de erotismo, pero sin siquiera rozar la pornografía.

—De hecho, sí —contestó Jake, devolviendo la foto a su sobre—. Tal vez quieras posar alguna vez para mí. Estoy seguro de que a tu padre le gustaría.

La idea de estar desnuda con Jake la estremeció.

—¿Qué tiene que ver mi padre con esto? Además, no tengo la menor intención de posar para ti.

Él se encogió de hombros.

—No me sorprende. A fin de cuentas, eres una niña de papá —dijo, recorriéndola con la mirada—. Es una pena. De verdad.

Acto seguido, Jake se volvió y comenzó a caminar por el pasillo. Glynna lo observó detenidamente y murmuró:

—¿Qué quieres decir con eso?

Pero Jake estaba demasiado lejos para oírla. En realidad, ella sabía a qué se refería, porque Jake no ocultaba que pensaba que su padre y ella eran dos personas tensas y obsesivas que no sabían qué eran la diversión y la sensualidad. O al menos era lo que había insinuado en la última reunión de equipo a la que había tenido que asistir.

De no haber sido porque era un excelente fotógrafo, su padre lo habría despedido hacía semanas. Pero las buenas fotografías y los elogios de lectores y anunciantes podían convencer a un periódico para pasar por alto muchas cosas.

Con las piernas temblorosas, Glynna reanudó el camino hacia el despacho de Stacy. No entendía por qué hacía desnudos un fotógrafo reconocido como Jake, y se preguntaba si la mujer de la imagen sería una modelo o una novia.

Frunció el ceño y trató de hacer caso omiso al nudo que se le había hecho en el estómago, porque no tenía sentido preocuparse por algo así. Jake debía de tener un montón de modelos y amantes dispuestas a posar para él. Mujeres que, sin duda, serían infinitamente más sensuales y divertidas que ella.

Se obligó a apartar aquella idea de su mente y dio un golpecito en la puerta abierta del despacho de Stacy.

—¡Glynna! Adelante —contestó su amiga, con una sonrisa de oreja a oreja.

Stacy era rubia, tenía algo más de treinta años, y su fama de conseguir cambiar las cosas había sido fundamental en su contratación. Pero Gordon y ella no acababan de ponerse de acuerdo sobre el rumbo que debía tomar el Texas Style. Glynna suponía que la batalla sería interesante, siempre y cuando se mantuviera fuera de la línea de fuego.

Se sentó frente a Stacy y se quitó los zapatos.

—¿Cómo estás?

—En medio del caos típico de los lunes por la mañana —contestó Stacy, señalando el montón de papeles de la mesa—. ¿Qué tal tu fin de semana?

Glynna se encogió de hombros. Solía pasar los fines de semana trabajando en algún artículo para la revista, limpiando su piso y comiendo el domingo con su padre.

—Lo de siempre —declaró, críptica.

Su amiga arqueó una ceja.

—¿Nada de noches de pasión, hombres arrebatadores y aventuras alocadas?

Ella soltó una carcajada.

—¿Te parece que alguna de esas cosas encaja conmigo?

Cuando Glynna salía con hombres, prefería a los de estilo clásico e intelectual. No era muy emocionante, pero el desenfreno no formaba parte de su ámbito social.

Stacy refunfuñó entre dientes y abrió una de las carpetas que tenía sobre el escritorio.

—El hombre al que he oído en el pasillo, ¿era Jake Dawson?

Glynna no pudo ocultar su rubor.

—Sí.

—Mmmm... He ahí un hombre arrebatador para ti. Guapo, inteligente, con talento y alocado —dijo Stacy, con una sonrisa pícara—. Con él no tendrías ni un solo fin de semana aburrido.

—No tendría ningún fin de semana con él. Sinceramente, no es mi tipo, y estoy segura de que no le interesaría alguien como yo.

—Eres atractiva e inteligente, y tienes talento. A mí me parece que tenéis mucho en común.

Glynna se revolvió en su asiento y se apresuró a cambiar de tema.

—Trabajas demasiado, Stacy. Empiezas a delirar. ¿Para qué querías verme?

—Esto te va a encantar —afirmó su amiga, sacando un folleto de la carpeta—. Échale un vistazo.

Glynna tomó el impreso y lo observó con detenimiento. La portada tenía la imagen de una pareja joven, ligera de ropa, recostada junto al mar y vestida. Al pie se leía: ¿Cuál es tu fantasía romántica?

En la página interior había un edificio en la playa y más parejas retozando.

—En La Paloma Resort, tus fantasías se hacen realidad —leyó en voz alta—. ¿La Paloma? Jamás había oído hablar de ese lugar —le devolvió el folleto—. ¿Qué es? ¿Un hotel para recién casados en el Caribe?

—Casi aciertas. Es un nuevo complejo turístico exclusivo para parejas en la isla de La Paloma, cerca de Galveston. El fin de semana que viene es la inauguración, y nos han invitado a enviar a alguien para que cubra el acto.

—¿Para qué? Me imagino que un nuevo complejo es algo interesante, pero la revista no suele ocuparse de esas cosas.

—Exactamente —afirmó Stacy—. El antiguo Texas Style habría publicado un anuncio aburrido en la última página, detrás de un artículo sobre el enésimo proyecto de decoración de interiores de un magnate del petróleo y de un informe sobre las parrillas de la ciudad. Si queremos conseguir más anunciantes, necesitamos atraer lectores jóvenes, modernos y divertidos. Y eso significa que tenemos que publicar artículos modernos y divertidos.

—Pero ¿un nuevo complejo turístico?

—No se trata sólo de eso. Estoy pensando en un reportaje sobre fantasías románticas.

Algo entretenido y sensual.

Glynna movió la cabeza en sentido negativo. El Texas Style solía cubrir temas como la programación de ópera para el verano, el futuro del negocio petrolero en el estado o asuntos relacionados con los intereses de la clase alta de Houston.

—Mi padre no va a querer.

—Por eso no pienso decírselo hasta que sea demasiado tarde para evitarlo —declaró Stacy, con una sonrisa cómplice—. Si no hacemos algo drástico pronto, nos quedaremos sin revista. La competencia nos está destrozando. Pero un artículo como éste, bien escrito, podría hacer que la gente hable de nosotros. Esos comentarios se traducirían en lectores y en dinero. Al principio, tu padre tendrá reparos, pero estoy segura de que acabará dándome las gracias.

—Tienes razón. Mi padre es testarudo, pero es un buen empresario y no se opondrá si los resultados son buenos.

—Genial. El viernes a las nueve de la mañana tienes que estar en el muelle seis. La lancha del complejo te llevará hasta La Paloma.

—¿Lancha? ¿De qué hablas?

—La inauguración, ¿recuerdas? Te he dicho que nos habían invitado a hacer un reportaje sobre el lugar.

Glynna se puso de pie de un salto.

—¡Pero no tengo por qué ser yo la que vaya! ¿No decías que era sólo para parejas? Soy periodista de investigación; el romance no es lo mío.

—Entonces tal vez vaya siendo hora de que investigues sobre el asunto —dijo Stacy, mirándola a los ojos—. Me arriesgo mucho con esto, Glynna. Si quiero imponer un cambio, este reportaje tiene que ser perfecto. Y para eso necesito a mi mejor redactora: tú.

—Me halagas, pero realmente…

—Sin peros. Ya les he dado tu nombre. Además, creo que podrías aprovecharlo. ¿Cuánto hace que no te vas de vacaciones?

Glynna apartó la mirada. Su padre rara vez se tomaba un descanso, y ella se sentía obligada a seguir su ejemplo. Mientras no llegara más lejos con el periodismo, no tendría tiempo para las vacaciones. De momento, tenía mucho trabajo que hacer.

—Si tengo que hacer un reportaje, no serían exactamente unas vacaciones…

—Pero no es motivo para que no te lo pases bien —afirmó Stacy, levantando el folleto—. Este lugar tiene una playa privada, restaurantes exclusivos, bares de copas y hasta un balneario. Podrías tomarte un par de días de descanso y diversión y escribir un artículo genial. Por otra parte, sé que no tienes nada planeado para este fin de semana.

—De acuerdo, iré. —aceptó Glynna, resignada—. Pero me debes una.

Stacy sonrió.

—Nunca se sabe. Tal vez, después de este fin de semana, seas tú la que se sienta en deuda conmigo. A fin de cuentas, en un paraíso romántico puede pasar cualquier cosa.

—Voy a trabajar, Stacy. Regresaré a casa con un reportaje, nada más.

Stacy soltó una sonora carcajada.

—En ese caso, tal vez deberías esforzarte más.

Jake caminó hacia el despacho de Nick Castillo. Estaba molesto por la repentina llamada de Nick, y aún seguía alterado por su encuentro con Glynna. Aquella mujer tenía algo que lo ponía nervioso.

Por un lado, era tan tensa como su padre. Jake había visto la desaprobación con que había mirado la fotografía, y se preguntaba si no había visto nunca a otra mujer desnuda.

En realidad, le interesaba más saber si había visto a un hombre desnudo. No recordaba haber oído ningún cotilleo sobre la vida amorosa de la hija del director, pero no llevaba mucho tiempo en la revista. Aun así, imaginaba que la actitud de Glynna debía de espantar a la mayoría de los hombres; era la típica princesa que se creía mejor que los demás. Lo que necesitaba era que un hombre de verdad la bajara de su torre de cristal y le enseñara cuánto podía hacer con aquel cuerpo tan sensual.

Jake trató de apartar la imagen de su mente. No entendía qué hacía pensando en Glynna cuando tenía asuntos más importantes en los que pensar, como los preparativos de su primera exposición fotográfica.

Nick estaba gritando órdenes por teléfono cuando Jake asomó la cabeza por la puerta. El director artístico le hizo una seña para que pasara.

—¡Sé cuánto cuesta y no me importa! —gruñó Nick—. El presupuesto es asunto mío; preocúpate por hacer lo que quiero.

Jake dejó la mochila en el suelo, se sentó en una silla frente al escritorio y estiró las piernas. En cuanto el director artístico colgó el teléfono, dijo:

—¿Qué es tan urgente para hacerme venir esta mañana? Tengo una docena de cosas más importantes que hacer.

—Sí, sí. Eres un artista muy importante. No me des la lata con eso —replicó Nick, con una sonrisa sarcástica—. Cuando oigas lo que tengo preparado para ti, se te quitará el enfado.

—Déjame adivinar. ¿Quieres que retrate al toro que ha ganado la feria rural? ¿No es uno de los grandes clásicos del Texas Style?

Nick dejó escapar una risotada.

—Tal vez en el pasado, pero ya no. ¿Qué pensarías de un reportaje gráfico de ocho páginas? Algo bohemio y alocado, ideal para ti.

Jake trató de contener la emoción.

—Es un poco radical para esta publicación. ¿Stacy está de acuerdo?

—Aún no lo sabe. Pero se lo diré en cuanto me digas que aceptas la oferta.

Jake movió la cabeza en sentido negativo.

—No sé, Nick. Stacy no es una de tus novias; no puedes convencerla de cualquier cosa con un par de frases románticas.

—No, pero es inteligente —afirmó el otro—. Y detrás de la fachada de ejecutiva seria y responsable, hay una mujer. De hecho, una mujer muy atractiva. Estoy convencido de que podré hacer que vea que ésta es la clase de cosas que necesitamos para superar a la competencia.

—¿Y qué hay de McCormick?

Nick frunció el ceño.

—¿Qué pasa con él? Dijo que quería renovar la publicación. Éste es el precio.

Jake levantó la mochila y se la colgó al hombro.

—No me puedo creer que me hayas hecho venir por esta ridiculez. La próxima vez, déjame un mensaje en el escritorio.

—Espera. Tengo una cosa para ti.

Acto seguido, Nick le alcanzó un folleto.

—¿La Paloma Resort? ¿Qué quieres que haga con esto?

—Es la noticia de portada del próximo número. Un lujoso complejo turístico en la isla La Paloma, exclusivo para parejas. Quiero que vayas este fin de semana a hacer las fotos para el reportaje.

Jake observó el folleto, que prometía sol, arena y sexo. La idea de pasar unos días en la playa, fotografiando chicas en biquini, no sonaba mal.

—¿Quién va a escribir el artículo?

—¿Quién mejor que nuestra redactora estrella, Glynna McCormick?

Jake frunció el ceño. Lo último que necesitaba era pasar un fin de semana rodeado de recién casados y teniendo que lidiar con la princesa de hielo.

—¿Qué pasa? —preguntó Nick—. ¿Te crees incapaz de pasar dos días con la hija del jefe?

—Ocúpate de Stacy, que yo me encargaré

de Glynna.

Jake se dijo que se aseguraría de hacerle saber que esperaba que se mantuviera alejada. Mientras fijaran condiciones de convivencia, no habría ningún problema.

Capítulo dos

GLYNNA puso la alarma del despertador para que el viernes por la mañana sonara una hora más temprano. Mientras preparaba el equipaje, contestó tres llamadas telefónicas y reservó una mesa en el restaurante favorito de su padre para él y uno de los principales clientes. Después, le envió un fax con los datos de la reserva y las proyecciones de ventas que le había pedido que resumiera, para que tuviera toda la información esperándolo en su despacho.

Terminó de hacer las maletas, salió de su piso y, cuando estaba llegando al coche, recordó que no había llamado a la tintorería para pedir que entregaran los trajes de su padre en la revista. Se volvió para buscar el número, pero se detuvo al pie de la escalera. Su padre era un adulto; no le pasaría nada por tener que llamar él mismo.

Animada por su pequeña rebeldía, condujo a más velocidad de la permitida y llegó al muelle de Galveston con tiempo de sobra para embarcar tranquila. Se abrió paso entre las docenas de parejas acarameladas, sintiéndose el unicornio solitario en la fila del arca de Noé.

—Estabas aquí —le dijo una voz masculina y conocida—. Empezaba a pensar que no vendrías.

Glynna se volvió y estuvo a punto de chocar con Jake. Con el pelo revuelto por la brisa marina, los pantalones cortos, la camiseta y las zapatillas de playa, parecía un amigable chico a punto de salir de vacaciones. Lo único que delataba que no era un típico turista eran la cámara y los maletines de accesorios que llevaba colgados del hombro.

—¿Qué estás haciendo aquí? —preguntó Glynna.

Él dejó los maletines en el suelo.

—No podía perderme la oportunidad de fotografiarte en bañador —contestó, mirándole el vestido de tirantes, que revelaba unos hombros y unas piernas de ensueño—. Es la primera vez que te veo sin el uniforme de la empresa. Me gusta.

—Como si a mí me preocupara mucho tu opinión —replicó Glynna, volviéndose hacia la bahía para ocultar el rubor—. Stacy no me había dicho que ibas a ser el fotógrafo del reportaje.

—Dijo que quería al mejor...

Aunque tanta arrogancia la sacaba de quicio, Glynna tenía que reconocer que era verdad y que era lógico que Stacy quisiera que su fotógrafo estrella se ocupara de aquel trabajo. Trató de tranquilizarse pensando que podían cumplir su cometido cada uno por su lado, y que no tenían por qué pasarse el fin de semana juntos.

—Ahí está el Queen Mary —dijo él, señalando el yate amarrado en puerto—. Debe de haber mucho dinero en este negocio de las fantasías románticas.

—¿Tienes algo en contra?

Jake se colgó las cosas al hombro.

—Digamos que mi idea del romanticismo no coincide necesariamente con la sensiblería de las flores y los corazones —contestó, mirándola a los ojos—. ¿Y tú? ¿Debajo de la severidad exterior ocultas a una romántica perdida, amante de los corazones pintados, las rosas rojas y las canciones lacrimógenas?

Ella no pudo contener la risa. La simpática sonrisa de Jake la hizo sonrojarse. Sin dejar de reír, negó con la cabeza.

—Puedo prescindir de los cupidos y las canciones, pero ¿a qué mujer no le gustan las rosas?

La lancha había atracado. Glynna levantó su maleta y siguió a las parejas. Jake corrió tras ella.

—Las rosas son demasiado obvias —manifestó—. Creía que eras más imaginativa.

Ella estaba a punto de decirle que era feliz con cualquier flor que un hombre se molestara en enviarle, pero prefirió no decir nada para evitar que Jake descubriera que no había tenido mucho romance en su vida.

El capitán Davies les dio la bienvenida abordo del Freebird.

—Tardaremos aproximadamente veinte minutos en llegar a La Paloma —dijo—. Pónganse cómodos y disfruten del viaje.

Glynna se sentó en un banco de la proa y Jake se acomodó a su lado, casi rozándola con la cadera. Ella quiso apartarse, pero estaban atrapados entre dos parejas, por lo que volvió la cabeza y se concentró en las olas para no tener que mirarlo. El viento la obligó a recogerse el pelo para evitar que se le metiera en los ojos.

La lancha salió del muelle y se adentró en el mar. Las olas rompían contra el casco y les salpicaban. A Glynna se le revolvió el estómago por el movimiento de la embarcación; apretó los dientes y cerró los ojos, decidida a que el mareo no le hiciera pasar un momento embarazoso delante de Jake y de aquellos extraños.

—No cierres los ojos —le susurró él, tomándola de la mano.

Ella los abrió de repente y se volvió a mirarlo.

—¿Qué haces?

—No cierres los ojos. Sólo hará que te sientas peor.

Glynna apartó la mano y la apoyó sobre una rodilla.

—Estoy bien.

—No lo pareces. Estás pálida y sudorosa —afirmó Jake, pasándole una mano por encima de los ojos y forzándola a mirar adelante—. Mira el horizonte, no el agua. Eso te ayudará.

Ella hizo lo que le sugería, aunque su estómago seguía amenazando con traicionarla.

—No me has contestado a lo de las rosas —continuó él—. ¿De verdad son tus flores favoritas?

Glynna parpadeó ante el repentino cambio de tema y trató de pensar.

—Las dalias —dijo, después de un rato—. Me gustan las dalias.

—¿Por qué?

—No lo sé. ¿Qué más da?

—Debe de haber un motivo. Piensa.

Ella trató de concentrarse en la pregunta para olvidar su malestar.

—Mi madre las cultivaba. Puedo recordarla haciendo arreglos con ellas. Incluso entonces me gustaban los colores brillantes. Son exóticas.

Jake permaneció en silencio tanto tiempo

que Glynna se preguntó si la habría oído. Se volvió a mirarlo y lo encontró contemplándola detenidamente, con una ligera sonrisa en los labios.

—Exóticas. Al parecer, hay más en ti de lo que suponía.

Antes de que Glynna pudiera preguntarle a qué se refería, se apagaron los motores y, segundos más tarde, la lancha atracó en el muelle.

Jake se puso de pie y le tendió la mano.

—¿Vez? Lo has logrado. En cuanto pises tierra firme te sentirás mejor.

Ella aceptó que la ayudara a levantarse, aunque ya no la molestaba tanto el estómago. Jake le apoyó una mano en la espalda y la guió hacia la salida. Antes de bajar de la embarcación, Glynna se volvió y le dijo:

—Lo de las flores era sólo para distraerme, ¿verdad?

Él se encogió de hombros.

—A veces, no pensar en el mareo sirve para que se quite.

—Gracias.

Glynna sonrió, sorprendida y complacida de descubrir su lado amable. Tal vez, Jake no sólo era el chico malo y sarcástico que parecía.

—Tienes una sonrisa muy bonita —aseguró él—. Deberías usarla más a menudo.

28

Aunque no estaba segura de si aquello era un coqueteo o no, Glynna se dejó ganar por la incomodidad y le soltó la mano.

—Creo que será mejor que salgamos de aquí.

Las demás parejas se alejaron riendo y charlando hacia el edificio de la recepción, dejando solos a Jake y a Glynna. Una mujer alta, delgada y elegante se acercó a recibirlos.

—Vosotros debéis de ser Jake y Glynna —dijo, tendiéndoles la mano—. Soy Marcie Phillips, la relaciones públicas de La Paloma. Bienvenidos. Nos alegra que estéis aquí para la inauguración.

—Estoy impaciente por ver lo que ofrecéis —afirmó Glynna, mirando el paisaje y las instalaciones de la isla—. Esto parece un paraíso.

—Os he dejado una carpeta con información para la prensa y, por supuesto, podéis preguntarme lo que queráis.

Marcie les dijo que un botones se ocuparía del equipaje y los guió fuera del muelle.

—Os he reservado una de nuestras cabañas de lujo —continuó—. Todos nuestros alojamientos están en la playa, tienen bañera con hidromasaje y terraza con persiana.

Glynna se apresuró para alcanzarla y la tomó del brazo.

—Disculpa —dijo—. ¿Has dicho una cabaña?

La mujer se detuvo.

—Por supuesto. Esto ha sido diseñado como el lugar perfecto para unas vacaciones en pareja. Todas las cabañas tienen cama de matrimonio, un cómodo salón con equipo de música, reproductor de DVD...

—Pero nosotros somos dos —puntualizó Glynna—. Necesitaremos dos cabañas.

Marcie los miró y frunció el ceño.

—Creía que lo entenderíais. Éste es un complejo exclusivo para parejas. Estoy segura de que se lo dejé muy claro a vuestra editora.

—Jake y yo no somos pareja.

—Lo siento, pero tenemos todo reservado para la inauguración. Ésa es la única cabaña que tenemos disponible.

Glynna miró a Jake con desesperación. Él arqueó una ceja y declaró:

—Podemos compartirla, si ella no tiene inconveniente. A fin de cuentas, somos adultos, y es sólo por un fin de semana.

A ella se le hizo un nudo en el estómago. La idea de pasar el fin de semana con el sarcástico, sensual, mordaz y peligroso Jake Dawson la estremecía. Estaba segura de que se llevarían como el perro y el gato.

—Eso sería maravilloso —afirmó Marcie, aliviada —. Gracias por ser tan comprensivos.

Glynna levantó la vista y descubrió que Jake la estaba mirando.

—¿Qué dices? —preguntó él—. ¿O es que temes que te corrompa?

Aquel comentario la dejaba contra las cuerdas. Si no aceptaba, iba a quedar como una pacata. Levantó la cabeza y trató de actuar con naturalidad.

—Si para Jake no es problema, para mí tampoco. De todas maneras, estaremos trabajando la mayor parte del tiempo.

—Genial —dijo Marcie, retomando la marcha—. Allí está vuestra cabaña.

El edificio estaba pintado de blanco, tenía persianas azules y terrazas en la parte delantera y a los lados, y estaba adornado con guirnaldas de corazones.

—¡Qué romántico! —exclamó Jake, casi en el oído de Glynna.

Después de enseñarles las tres habitaciones, Marcie los dejó solos. El botones llegó unos segundos más tarde y dejó el equipaje junto a la puerta. Glynna llevó su maleta al dormitorio, y Jake la siguió.

—No te preocupes —dijo él—. No te pondré un dedo encima. No eres mi tipo.

Ella se estremeció ante el comentario. Aunque no le interesaran los hombres como Jake, no tenía por qué tolerar que le dijera que no era deseable.

Abrió la maleta y sacó el estuche del maquillaje.

—Me quedaré con la cama. Puedes dormir en el sofá.

—De ninguna manera. Soy mucho más alto que tú. El sofá es para ti.

Ella lo miró detenidamente, notando no sólo lo alto que era sino también lo anchos que eran sus hombros.

—De acuerdo, me quedo en el sofá.

—Bien.

Jake se acercó a la cama y se quitó la camiseta. Ella lo observó y sintió que se le secaba la boca ante la visión de aquella espalda musculosa.

—¿Qué estás haciendo? —preguntó.

—Esto es una playa. Me voy a poner un bañador. Te sugiero que hagas lo mismo, a menos que quieras llamar la atención.

Sin más, Jake entró en el cuarto de baño y la dejó sola. Glynna volvió a abrir la maleta y sacó un traje de baño de una pieza que, aunque era uno de los más conservadores que tenía, aquel día le parecía increíblemente atrevido.

Miró la puerta cerrada del baño y empezó a bajarse la cremallera con manos temblorosas, porque temía que Jake apareciera en cualquier momento. A pesar del miedo, se preguntaba si, en caso de encontrarla desnuda, seguiría considerándola poco deseable.

Se apresuró a ponerse el bañador, colgó el vestido en el armario y guardó la ropa interior que se había quitado en un bolsillo lateral de la maleta. Lo último que quería era dejar su lencería tirada para que la encontrara Jake.

Él salió del cuarto de baño con una toalla al hombro. La miró de reojo y fue a buscar la cámara digital.

—Voy a ir a hacer unas tomas preliminares —dijo.

Acto seguido, Jake se marchó sin mirar atrás. Ella lo observó partir y se sentó en el borde de la cama. Con Jake fuera, la cabaña parecía demasiado silenciosa. Miró el cuadro que colgaba de la pared del dormitorio y se sintió ridícula. La imagen mostraba a una pareja caminando por la playa, de la mano. Ya había perdido la cuenta del tiempo que había pasado desde su última situación romántica y se preguntaba dónde estaba el hombre que la haría olvidarse del trabajo, de su padre y de todo el estrés de su vida.

Los hombres que conocía solían tener vínculos comerciales con su padre o eran seductores de la alta sociedad cuya idea de romance consistía en una cena cara en un restaurante moderno, seguida de una noche de sexo aburrido. Y Glynna quería hombres capaces de introducir una buena dosis de aventura y diversión en su sosa existencia.

Hombres como Jake Dawson. Se estremecía de sólo pensarlo. Tal vez pasar el fin de semana con él en aquella cabaña no era una buena idea. El hecho de que fuera tan distinto al resto de los hombres que conocía surtía el efecto de un afrodisíaco. Aunque sabía que Jake no era apropiado para ella, no podía evitar sentir una atracción irresistible por él.

Se cruzó de brazos y frunció el ceño. Si Jake se enteraba de lo que estaba pensando, probablemente le diría que estaba loca.

—¡Increíble! —dijo en voz alta—. Por fin estaríamos de acuerdo en algo.

Jake había tenido que salir de la cabaña antes de hacer algo que después lamentaría. Había sido un idiota al creer que podría pasar un fin de semana cerca de la princesa de hielo.

En realidad, no era tan fría como pensaba. De hecho, sospechaba que bajo aquella fachada de solemnidad se ocultaba una mujer ardiente. Y era la clase de sospechas que podía meterlo en problemas.

Se dijo que lo mejor era que se concentrara en el trabajo. Mirar el mundo a través de la lente de una cámara le había dado una buena perspectiva para lidiar con los problemas en el pasado, además de objetivos, esperanza y sueños que iban más allá de las tierras de ganado y petróleo en las que había crecido. Todo lo que tenía que hacer era seguir mirando a través de aquella lente, seguir sacando fotografías, para llegar adonde quería, a Nueva York, y ver su trabajo publicado y expuesto en las galerías más importantes del país. Aún le faltaba mucho para llegar, y no podía permitir que una mujer como Glynna McCormick le nublara la mente y lo distrajera de sus metas.

Sacó varias fotos de las cabañas, de los jardines floridos y de las sombrillas de paja. Después vería las imágenes y decidiría qué escenarios y qué ángulos tomar para el reportaje gráfico. Fotografió a las parejas retozando en la piscina, riendo en la cancha de voleibol y abrazadas en la orilla del mar. Su negatividad lo llevaba a preguntarse si de verdad todos se sentían tan felices y enamorados como parecían.

La pareja de la orilla, un par de jóvenes que no tendrían más de veinticinco años, empezó a caminar por la playa. Jake se les acercó y se presentó, diciéndoles que era fotógrafo del Texas Style.

—Estamos haciendo un reportaje sobre

el complejo y acabo de sacaros una foto —dijo—. ¿Podría haceros unas preguntas?

La mujer sonrió.

—¿Vamos a salir en una revista?

—No puedo prometeros nada, pero es posible —afirmó Jake, sacando un bolígrafo y una libreta del bolsillo—. ¿Cómo os llamáis?

—Rich y Emily Spencer —dijo el hombre.

—¿Qué os ha traído a La Paloma? —preguntó Jake.

—Es nuestro viaje de novios —contestó Emily, recostando la cabeza sobre el hombro de su marido—. Este lugar es fabuloso, ¿no crees?

—Sí...

Jake se había distraído al ver a la mujer que se acercaba por la playa. Se movía con gracia felina por la orilla, con el cabello suelto y el sol iluminándole la piel.

—¿La conoces? —preguntó Rich.

Él asintió.

—Es la redactora con la que estoy trabajando en este reportaje.

—Tienes suerte —dijo Rich, ganándose una mirada furiosa de su mujer.

—Sí —murmuró Jake—. Tengo mucha suerte. Soy un perro afortunado.

Glynna se dijo que tenía que entrevistar a las felices parejas, hablar con el personal del complejo o leer la información de prensa que les había dejado Marcie. Pero el sol y el sonido de las olas le generaban una extraña languidez. Salió a la playa, a saborear el calor y de la caricia del agua contra sus tobillos, a deleitarse con el olor a coco de la loción solar y a admirar los fascinantes colores de las flores que llenaban los jardines. No recordaba cuándo se había detenido por última vez a disfrutar de cosas tan sencillas como aquéllas.

No era que estuviera completamente relajada; aún tenía que escribir el artículo y seguía teniendo que lidiar con Jake. Lo envidiaba. Por mucho que fingiera detestarlo, habría dado cualquier cosa por tener una pizca de la desfachatez de su compañero. Llevaba tanto tiempo reprimiendo sus sentimientos que la represión prácticamente se había convertido en un acto reflejo. Su padre no toleraba las conductas inadecuadas y le había enseñado que ser una dama y una profesional significaba mantenerse fría e imperturbable ante cualquier situación.

El problema era que Glynna había descubierto demasiado tarde que aquella actitud también conllevaba una profunda soledad.

Se detuvo y se acercó a una hilera de hamacas. Había una pareja compartiendo uno de los asientos, con los cuerpos entrelazados. Se miraban a los ojos, se besaban y no podían dejar de tocarse. Glynna se rodeó con los brazos, tratando de adivinar cómo se sentiría si la abrazaran así.

Cuando se volvió para seguir caminando por la playa, una sensación la recorrió como una caricia cálida. Levantó la vista y vio a Jake, charlando con una pareja joven.

Él la miró a los ojos y la conciencia del otro los hizo estremecerse. Sus cuerpos reconocían la atracción que sus mentes se negaban a aceptar. Aunque se moría por salir de allí cuanto antes, Glynna se obligó a sostenerle la mirada. Él arqueó una ceja, interrogante. Ella lo siguió mirando, desafiándolo en silencio a acercarse, a exponerse a aquellos peligrosos sentimientos y a ver qué pasaría después.

Capítulo tres

JAKE fue el primero en apartar la vista. Se volvió como si fuera a caminar en dirección opuesta, pero Glynna corrió tras él.

—Espera, Jake —lo llamó—. Te estaba buscando.

Él se detuvo y esperó a que lo alcanzara, mirando al mar con una expresión indescifrable.

—He tomado fotos de muestra de las instalaciones y creo que tenemos un buen material para ilustrar el artículo —dijo, volviéndose hacia el complejo—. Este lugar es muy interesante. Tiene un balneario, una sauna, cuatro piscinas de aguas termales, dos de natación, un gimnasio, cuatro restaurantes, dos bares y un local de karaoke. Todos los lujos que se pueden comprar con dinero.

—Haces que suene como algo malo.

Jake la miró con frialdad.

—No tengo nada contra el dinero. Sólo me molesta la actitud de la gente que cree que porque tiene dinero merece un trato especial.

—¿Por eso no te gusto? ¿Porque crees que

soy una ricachona engreída?

Para sorpresa de Glynna, Jake sonrió.

—¿Quién ha dicho que no me gustas?

Ella apretó los puños mientras reprimía las ganas de abofetearlo. No porque el comentario la hubiera ofendido, sino precisamente por todo lo contrario. Justo cuando había conseguido que la dominara la indignación, él la derrotaba con unas pocas palabras bonitas.

—La verdad es que nunca sé qué pensar de ti —dijo sinceramente.

—Y yo no sé nunca qué estás pensando —declaró Jake, extendiendo la mano—. ¿Por qué no nos damos una tregua? Estaremos en este paraíso artificial todo el fin de semana. ¿Por qué no aprovechamos para divertirnos?

Ella le dio la mano y asintió.

—Tienes razón. Y siento lo de antes. Supongo que estoy un poco tensa —reconoció, echando un vistazo a su alrededor—. Ahora que estoy aquí me doy cuenta de lo mucho que necesito relajarme.

—Sé exactamente qué es lo que necesitas.

Sin soltarla, Jake empezó a andar.

—¡Espera! —exclamó ella—. ¿Adónde vamos?

—Al bar. Una copa te ayudará a relajarte.

Jake no entendía por qué no se había dado cuenta antes de la increíble sonrisa de Glynna. Estaba sentado en un taburete junto a ella, mirándola jugar con la sombrilla en miniatura de su copa, y contemplando aquella boca de labios hechos para besar.

Se enderezó en su asiento y parpadeó. Se preguntaba de dónde había salido semejante idea. Al ver que su copa estaba vacía, la apartó y se dijo que le convenía no seguir bebiendo, porque su mente empezaba a funcionar de un modo extraño.

Glynna se volvió, apoyó la espalda en la barra y se sentó mirando al mar. El bar tenía los ventanales abiertos, por lo que la brisa les llevaba el olor de la sal, de las lociones de coco y de los gritos de las parejas que estaban jugando al voleibol.

—Y pensar que no quería venir —murmuró.

—¿Por qué?

—No suelo escribir artículos melosos como éste. Y tengo mucho trabajo atrasado, encargos y cosas. Y pensaba que no sería divertido.

Glynna se terminó la copa y soltó una carcajada. Jake hizo lo imposible por evitarlo, pero no pudo contener la risa. Era una

Glynna diferente de la que conocía. Lejos de la oficina y de los trajes formales que solía usar, era agradable, divertida y endemoniadamente atractiva.

Había sido tonto al acordar pasar un fin de semana con ella sin ponerle la mano encima. La recorrió con la mirada, desde el cuello hasta los muslos, pasando por la curva de los senos. Era una mujer hecha para ser tocada, y él era un hombre que no solía sacrificarse.

De no ser porque ya lo estaba, acabaría loco antes de que terminara el fin de semana. La deseaba tanto que pensó que tal vez fuera mejor que durmiera en la playa y no en la misma cabaña que ella.

—Cuéntame lo de los desnudos —dijo Glynna.

La pregunta lo tomó por sorpresa.

—¿Qué desnudos?

—Las fotos que se te cayeron en el pasillo el otro día —contestó, inclinándose hacia él—. ¿Estás trabajando por tu cuenta para Playboy o algo así?

—Te aseguro que si Playboy llamara a mi puerta, no estaría aquí.

—Entonces, ¿para qué eran?

Jake se apoyó en la barra, levantó la copa vacía y la volvió a dejar.

—Son para una exposición en una galería del centro. Una serie de desnudos artísticos.

—¿Te refieres a una exposición sólo tuya?

Él asintió, mirándola por el rabillo del ojo.

—No es una galería grande, pero si el trabajo se vende bien, podría generar proyectos más importantes.

—No creo que haya muchos fotógrafos capaces de montar una exposición solos. Estoy impresionada. Era una foto preciosa. ¿Quién era la modelo?

—La mujer de un amigo. La acompañó a la sesión y acordamos que les daría copias en lugar de pagarle los honorarios de modelo —explicó Jake, encogiéndose de hombros—. Lo que sea para alcanzar mis objetivos.

—¿Y qué objetivos son ésos?

—Me gustaría tener exposiciones en las principales galerías. Ser conocido en Nueva York, ser una de las referencias de la fotografía artística.

—Tienes el talento. Imagino que lo único que necesitas es suerte.

—¿Y qué hay de ti? —preguntó él, mirándola a los ojos—. Además de tu trabajo en la revista, ¿escribes algo más?

—Estoy trabajando en algunos artículos de investigación. Pero estoy tan ocupada que no les puedo dedicar el tiempo necesario.

—Si pudieras hacer algo, ser alguien, ¿qué elegirías?

—Me gustaría ir a Nueva York para escribir en alguna revista importante.

—¿Y por qué no lo haces? ¿Qué te detiene?

Glynna frunció el ceño y volvió a jugar con la sombrilla de su copa.

—Mi padre…

Jake le puso una mano en el hombro. Glynna no lo miró, pero tampoco se apartó.

—¿Vas a dejar que dirija tu vida eternamente?

Entonces, ella se hizo a un lado.

—No sabes de lo que estás hablando.

—No estoy ciego. Pareces su perrito. Saltas cuando dice que hay que saltar, te sientas cuando te ordena hacerlo… Eres adulta. ¿Por qué no te comportas como tal?

—Vete al infierno, y llévate tus opiniones.

Glynna se puso de pie y salió del bar intempestivamente. Jake maldijo entre dientes y se volvió para pedirle otra copa al camarero. Justo cuando creía que se había generado una buena conexión entre ellos, lo había estropeado todo. No entendía por qué lo afectaba tanto. Glynna y él procedían de dos mundos muy distintos. Su padre y su abuelo habían sido trabajadores del petróleo que pasaban su tiempo libre en los bares de carretera, bebiendo cerveza y jugando al billar; mientras los antepasados de Glynna se sentaban detrás de un escritorio, con sus trajes elegantes e impecables, y al salir de la oficina tomaban champán y marisco junto a una piscina. Ella había obtenido su profesión entre algodones y no sabía lo que era tener que pelear con uñas y dientes para demostrar que tenía talento.

Jake bebió un trago y se dijo que, dadas las circunstancias, no le importaba lo que opinara de él.

Glynna se vistió para cenar, aunque lo único que quería era tomarse una analgésico y dormir hasta la mañana siguiente. No sabía por qué había aceptado beber aquellos dos combinados de ron. Aún no se había puesto el sol y ya tenía una resaca tremenda.

Sin embargo, la cabeza no era lo único que le dolía. Las palabras de Jake la habían herido, sobre todo porque sabía que eran ciertas. Cualquiera podía ver que dejaba que su padre le dirigiera la vida, pero no todos parecían comprender que su hija era todo lo que tenía, desde que su mujer había muerto cuando Glynna tenía nueve años. Él siempre había sido reticente a que se relacionara con hombres y hasta había intentado convencerla para que desistiera de su decisión de irse a vivir sola, dos años atrás.

Así que allí estaba, con veintiséis años y en medio de una soledad absoluta. Jamás había hecho nada que su padre no aprobara y, aunque hasta entonces no la había molestado, tal vez había llegado el momento de reconocer que ya no le bastaba con complacerlo para ser feliz.

Y a aquello se sumaba la presencia de Jake, ofreciendo opiniones que nadie le había pedido e imponiendo sus críticas mordaces a diestro y siniestro. Su padre no lo soportaba, pero a Jake le daba igual. De hecho, era el único que se atrevía a plantarle cara a Gordon McCormick.

Glynna se sentó en el sofá, con las manos en el regazo. En ocasiones, había dado lo que fuera por tener tanto coraje. No sólo el valor para enfrentarse a su padre, sino la entereza suficiente como para no sentirse culpable después.

Tal vez aquel fin de semana era su oportunidad para aprender algunas cosas de Jake. La idea la estremecía, pero no podía quitársela de la cabeza. En aquella isla no la conocía nadie, y su padre estaba a cientos de kilómetros de allí. Jake, en cambio, estaría en la habitación contigua. Se preguntó por qué no aprovechar la situación, por qué no satisfacer sus propias fantasías.

Jake había dicho que necesitaba asumir que era una mujer adulta. Tal vez pudiera pedirle que la ayudara a descubrir qué tipo de mujer era exactamente.

Cuando Glynna entró en el local, Jake estaba sentado a la barra. Levantó la mirada y, al verla en la puerta, sintió que la temperatura del lugar subía diez grados. Trató de mirar hacia otra parte, de no prestarle atención, pero no podía quitarle los ojos de encima.

Aun así, se las ingenió para darle la espalda mientras se acercaba. Estaba a punto de pedir otra cerveza cuando ella le puso una mano en el hombro.

—Ven a pasear conmigo —le susurró Glynna al oído.

En aquel momento, lo último que Jake necesitaba era dar un paseo a la luz de la luna con ella.

—¿Por qué no nos quedamos aquí? —dijo, volviéndose a mirarla—. Te invito a una copa.

Glynna echó un vistazo al concurrido bar, a las parejas sonrientes que los rodeaban y contestó:

—No. Necesito pedirte algo. En privado.

Él negó con la cabeza.

—No es buena idea.

—¿Por qué?

Jake apartó el vaso y la contempló en silencio durante un rato. Glynna llevaba un vestido de lycra sin tirantes, que realzaba sus exquisitas curvas. Instintivamente, ella se cruzó de brazos.

—¿Por qué te parece mala idea? —insistió.

—Porque he bebido demasiado, y ese vestido te queda tan bien que temo perder el control.

Ella soltó una carcajada y lo tomó de la mano.

—Vamos. Demos un paseo.

Jake dejó que lo guiara a la playa sin oponer resistencia. Al llegar a la orilla, Glynna se quitó las sandalias. Él la miró por el rabillo del ojo. La luz de la luna, o el exceso de cerveza, le suavizaban los rasgos y la hacían parecer una jovencita indefensa.

—¿De qué querías hablar? —preguntó Jake.

Ella le aferró la mano con fuerza, aunque sin apartar la vista del mar.

—Tal vez no lo sepas, pero siempre te he admirado.

Él no pudo contener la risa.

—Pues tienes una forma espantosa de demostrarlo.

—Supongo que me merezco tu comentario —dijo ella, mirándolo a los ojos—. Pero es verdad. Envidio que insistas en hacer las cosas a tu manera, sin atender a lo que digan los demás. No le tienes miedo a mi padre, y te aseguro que es capaz de intimidar a cualquiera.

—Tienes razón. No sabía que opinabas eso. ¿Por qué me lo dices ahora?

Ella levantó la barbilla y lo miró a los ojos. Jake pudo ver la determinación y el miedo con que lo miraba. El miedo lo sorprendía. No entendía qué podía temer una mujer que lo tenía todo.

—Quiero pedirte un favor este fin de semana.

—Dime —accedió él, desconcertado.

Glynna se humedeció los labios. Jake sintió la tensión que desataba en él aquel gesto provocativo y sensual.

—Quiero que finjas que no soy la Glynna McCormick que crees conocer; que no soy la hija de Gordon.

Él levantó una mano y le acarició la mejilla.

—Entonces, ¿quién eres?

Glynna recostó la cabeza en la mano de Jake.

—Una mujer, nada más. Una mujer cansada de hacer todo lo que los demás esperan de ella. Quiero pasarme el fin de semana haciendo lo que me apetezca; quiero reconciliarme con esa parte de mí que lleva tanto tiempo relegada a un segundo plano.

Jake contuvo la respiración.

—¿Y qué es lo que te apetece?

—Esto.

Acto seguido, Glynna se puso de puntillas, se abrazó al cuello de Jake y lo besó.

Al principio, el trató de resistirse, pero después se entregó al beso apasionadamente, olvidándose de todo, salvo de lo mucho que la deseaba.

La tomó del trasero y la apretó contra sí, disfrutando del calor del pubis de Glynna contra su creciente erección. Ella le rodeó la cintura con una pierna, y él le deslizó una mano por el muslo, buscando la calidez del sexo. Un sexo en el que ansiaba introducirse.

—Volvamos a la cabaña —susurró ella, entre besos.

Jake sintió que acababan de arrojarle un cubo de agua fría. Aquellas palabras le recordaban dónde estaban, por qué estaban allí y quién era ella.

Se apartó tan bruscamente que Glynna estuvo a punto de caer.

—Esto es una locura —dijo.

—Sí. Eso es justamente lo que busco. Quiero que nos pasemos el fin de semana haciendo todo lo que nunca haríamos en casa; que exploremos las fantasías sobre las que supuestamente debo escribir.

Jake dio un paso atrás, como si la distancia física pudiera romper el hechizo.

—Eso significa que quieres que mantengamos relaciones sexuales.

—Sí —asintió ella, sonrojada.

—¿Por qué? Aparte de la evidente atracción que existe entre nosotros, ¿por qué quieres acostarte conmigo?

Al verla humedecerse los labios una vez más, Jake creyó que iba a enloquecer.

—Creo que un fin de semana de licencias me ayudaría a entender qué es lo que deseo de verdad —contestó ella—. A ti te parecerá una locura, porque siempre has hecho lo que querías, pero he invertido tanto tiempo en ser la persona que creo que debería ser que ya no estoy segura de quién soy en realidad.

—¿Y crees que un fin de semana conmigo bastará para que lo averigües?

Jake esperaba que la crudeza de su comentario les hiciera recuperar el juicio.

Ella se estremeció, pero no se echó atrás.

—Es lo más radical que se me ocurre, de modo que sí —replicó, con una sonrisa—. Y creo que los dos lo disfrutaríamos. Mucho.

Si el beso había sido placentero, Jake estaba seguro de que ver a la princesa de hielo derretirse entre sus brazos sería la gloria.

—¿Qué pasará cuando volvamos a casa?

—Te prometo que no habrá ataduras ni reclamaciones. Seguiremos nuestro camino y nadie se enterará de lo que ha pasado.

Jake no se lo podía creer. Una de las mujeres más atractivas que había visto en su vida, y había visto muchas, le estaba ofreciendo pasar un fin de semana de sexo apasionado sin ataduras.

—Sería una locura decir que no.

—En ese caso, ¿por qué no empezamos a disfrutar? —dijo Glynna, sonriendo y tendiéndole una mano.

Él la tomó y la llevó hacia el camino que conducía a las cabañas.

—Te advierto que no pienso dejar de hacerte el amor hasta que la lancha venga a buscarnos el domingo por la tarde.

Capítulo cuatro

AL llegar a la cabaña, Glynna se apresuró a encender velas. El valor que la había impulsado a hacer aquella proposición alocada se había desvanecido en cuanto había comprendido la intimidad que compartiría con Jake.

Un sonido la apartó de sus pensamientos. Se volvió y vio que Jake se estaba quitando la camisa.

—¿Qué haces? —balbuceó.

Él se desabrochó los pantalones.

—No sé tú, pero yo prefiero desnudarme para estas cosas.

Glynna apretó la caja de cerillas que tenía en la mano.

—Sí, pero ¿no crees que deberíamos hablar primero?

—Creía que ya habíamos hablado —contestó Jake, quitándose los pantalones—. ¿O es que tienes dudas?

—No. Por supuesto que no.

Incapaz de mantenerse en pie, Glynna se sentó en el borde de la cama y lo contempló detenidamente. Jake sólo llevaba unos calzoncillos negros, que no dejaban nada a la imaginación. La luz de las velas le iluminaba la piel, revelando un cuerpo espléndido. Caminó hacia ella, con naturalidad, cómodo con su piel y con su sexualidad, y se detuvo casi al borde de la cama.

Sin poder apartar la vista de la erección que tenía ante sus ojos, Glynna tragó saliva y se puso colorada.

—¿Qué pasa? —preguntó él.

Ella levantó la cabeza y lo miró a los ojos, esperando que no se riera por lo que iba a decir.

—Jamás he hecho nada parecido...

—¿Nunca has tenido relaciones sexuales?

—No. Quiero decir, sí, he tenido relaciones, pero nunca con alguien a quien apenas conocía.

Glynna miró hacia la puerta y pensó en salir corriendo para regresar a la soledad de su piso en la ciudad. El problema era que si lo hacía, la verdadera Glynna seguiría atrapada detrás de la hija obediente y la empleada responsable.

Volvió a mirar a Jake, que la observaba en silencio, con los ojos encendidos de pasión.

Respiró profundamente y añadió:

—Tú tienes mucha experiencia, y yo prácticamente ninguna.

—¿Temes que no podamos complacernos? —preguntó él, arrodillándose frente a ella—.

No tienes por qué preocuparte. Relájate y haz lo que te apetezca. Iremos despacio. Necesitamos conocernos.

Acto seguido, Jake comenzó a besarle las piernas desde las rodillas, hasta el borde de la ropa interior, pasando por la cara interna de los muslos. Glynna sentía que se derretía con cada caricia, y la tensión interior crecía a medida que aquellos labios cálidos se acercaban a su sexo. Cerró los ojos y se rindió al momento.

—¿Esto te gusta? —murmuró él, presionando la boca sobre la seda de las braguitas.

Glynna respondió con un gemido de placer y sintió cómo Jake sonreía entre sus piernas.

—Y esto es sólo el principio —añadió él.

Después, Jake le levantó el vestido y le recorrió el estómago con los labios entreabiertos hasta llegar a los senos. La miró a los ojos y comenzó a lamerle los pezones.

—Son preciosos —declaró.

Aún de rodillas, Jake le quitó el vestido, la tomó de las caderas y la atrajo hacia sí. Glynna lo rodeó con las piernas. Sólo los separaba la humedecida seda de su ropa interior.

Jake siguió jugando con lengua, labios y dientes sobre los senos hasta hacerla temblar de necesidad. Cuando levantó la cabeza, ella gimió y trató de abrazarlo, pero él la apartó con delicadeza y se puso de pie.

—Ahora te toca a ti —dijo, quitándose los calzoncillos.

Mientras se acercaba a ella, Glynna le miró la erección, fascinada.

—Muévete para que pueda acostarme a tu lado —añadió Jake.

Ella se quitó las braguitas, se tumbó en la cama y se volvió a mirarlo. Aunque se moría por pedirle que entrara en ella, se contuvo y preguntó:

—¿Qué quieres que haga?

—Tócame —contestó él, con una sonrisa mortalmente seductora—. Tócame donde quieras.

Con el corazón acelerado, Glynna le recorrió el pecho con la yema de los dedos, le rozó los pezones con las uñas y se echó hacia adelante para besarlos. Él contuvo la respiración y la tomó del hombro para indicarle que siguiera.

Jake olía a almizcle y sabía a sal. Glynna tenía la impresión de que nunca había disfrutado tanto del contacto con un hombre.

Jake le pasó una pierna por encima de la cadera y la atrajo hacia sí. Glynna sintió la presión del pene erecto contra su pubis, pugnando por entrar en ella, y, en vez de separar las piernas, estiró un brazo y lo tomó en la mano. El sexo de Jake era suave y cálido, y tenerlo así le hacía desearlo mucho más. Él trató de besarla, pero ella apartó la cabeza.

—Necesitamos un preservativo —susurró.

Sin decir una palabra, Jake saltó de la cama y se metió en el cuarto de baño. Ella se recostó boca arriba y cerró los ojos, saboreando la tensión con cada terminación nerviosa.

Después de ponerse el preservativo, Jake se recostó junto a ella. Glynna quiso abrazarlo, pero él la detuvo.

—Tal vez deberíamos charlar un poco más —dijo, divertido.

Con una sonora carcajada, ella lo empujó contra el colchón, se sentó sobre él con las piernas separadas y le agarró el pene.

—¿De verdad quieres hablar? —lo desafió.

Jake gruñó y le acarició la cadera.

—Tu cuerpo le ha hablado al mío todo el día, y me gusta lo que ha dicho.

Glynna lo introdujo en ella y suspiró complacida. Luego, lo apretó con sus muslos y empezó a moverse lentamente, deseosa de disfrutar de las sensaciones que la atravesaban.

Sin embargo, la necesidad se apoderó de ella y sus movimientos se volvieron más acelerados. Él le acarició los senos y deslizó una mano para buscarle el clítoris. La tensión aumentaba con cada roce.

El orgasmo de Glynna fue intenso. Al verla estremecerse de placer, Jake soltó un largo gemido y se dejó arrastrar hacia su propio clímax.

Unos segundos después, Glynna se recostó sobre él y lo abrazó con fuerza, como si quisiera conservar la sensación eternamente.

Sin soltarla, Jake se las ingenió para que pudieran quedar tumbados de lado, mirándose a la cara.

—Ha sido increíble —declaró ella, con una amplia sonrisa.

—Creo que tienes un talento natural para el sexo.

—Pero seguro que aún tienes muchas para enseñarme.

—Algo me dice que serás una buena alumna.

Acto seguido, Jake se apartó un poco y se tumbó boca arriba. Ella pensó en acercarse, pero se contuvo; no tenían por qué estar pegados todo el tiempo. A fin de cuentas, no debía olvidar que sólo estarían juntos durante el fin de semana.

Al recordarlo sintió un horrible escalofrío en la espalda. Se sentó y apoyó las piernas en el suelo.

—¿Adónde vas? —preguntó él.

—No he cenado y he pensado en ir a comer algo.

—Podemos pedir que nos traigan comida —sugirió Jake, acariciándole la cadera—. ¿Alguna vez has cenado sobre el cuerpo de tu amante?

Estremecida por la idea, ella negó con la cabeza y dijo:

—Voy a salir.

Glynna necesitaba alejarse de él un rato para recordarse que aquello era sólo un aventura pasajera. Si se quedaba con él, corría el riesgo de rendirse una vez más a sus encantos, y no podía permitirse ceder a la tentación de creer que los sentimientos que le despertaba Jake eran reales.

Salió de la cama, entró en el cuarto de baño y se duchó. Después, se puso unos pantalones cortos y una camiseta sin mangas, aunque sin ropa interior, porque no quería regresar al dormitorio y sentir los ojos de Jake mientras se vestía.

Levantó la vista y se impresionó al verse reflejada en el espejo. Tenía el pelo revuelto, los labios inflamados y las mejillas coloradas. Parecía una mujer satisfecha. Si se hubiera visto a sí misma en la calle, habría pensado que era una mujer enamorada. Pero en su caso, sólo se trataba de deseo. Y estaba convencida de que entre el deseo y el amor había una gran diferencia.

Se peinó, se mojó un poco la cara, respiró profundamente y abrió la puerta que daba al dormitorio.

La cama estaba vacía. Sorprendida, descubrió que la silla donde Jake había dejado la ropa también estaba vacía, al igual que el resto de la cabaña. Evidentemente, Jake se había ido.

Jake corrió por la playa, con los pies descalzos y el corazón latiendo a toda velocidad. Apretó los puños y aceleró el paso, luchando contra la furia y la frustración. No entendía por qué Glynna se había alejado de aquella manera. No se podía creer que después de haber obtenido lo que quería se hubiera marchado sin más. Era la primera vez que una mujer le hacía algo semejante.

Lo que había pasado entre ellos había sido muy intenso; la clase de sexo con la que la gente fantaseaba, pero que raramente experimentaba.

Se acercó a la orilla y se detuvo a contemplar el mar. La arena le hacía daño en los pies, y necesitaba tranquilizarse. Mientras recuperaba el aliento se dio cuenta de que Glynna estaba asustada y por eso se había marchado tan de repente. Sabía que Glynna no había tenido muchos amantes y que aquella noche la había desnudado tanto física como emocionalmente. Dadas sus características, era lógico que se sintiera abrumada.

De hecho, él también lo estaba. Cuando ella lo había tomado entre las manos y había impedido que la besara, había sentido que algo se agitaba en su interior y había estado a punto de suplicarle que no le negara la boca. Por suerte, había aprovechado la excusa del preservativo para recuperar la calma.

Suspiró aliviado al comprender que Glynna no estaba insatisfecha con él, sino aterrada por lo que le había hecho sentir. Ella podía tener un talento natural para el sexo, pero lo necesitaba para aprender a afrontar sus miedos.

Jake se dijo que tendría que encontrar la forma de hacerle superar el temor. Además, él también se beneficiaría con el cambio. Al menos, durante el fin de semana.

Se dio la vuelta y caminó hacia el único restaurante abierto. Glynna no se iba a librar de él tan fácilmente. La noche aún era joven, y el fin de semana, demasiado corto. Tenían mucho por hacer. En su interior, Glynna ocultaba a una mujer increíble, y Jake estaba impaciente por descubrirla.

Glynna estaba en el restaurante, jugando

con las patatas fritas que tenía en el plato mientras se preguntaba cómo era posible pasar de la satisfacción total a la confusión y soledad absolutas.

Temía que Jake se hubiera marchado porque estaba enfadado con ella por haberlo dejado cuando apenas habían terminado de hacer el amor, y se preguntaba si había hecho mal en levantarse de la cama.

Respiró hondo y se recordó que no debía preocuparse tanto por lo que pensara Jake. A fin de cuentas, se suponía que el objetivo de aquel fin de semana era dejar de preocuparse por hacer lo que querían los demás y descubrir qué era lo que deseaba realmente.

Y lo que deseaba era estar en la cabaña con él, que la abrazara y que volviera a hacerle el amor. Quería saber si durante aquel breve espacio de tiempo podía ser y hacer lo que quisiera sin que nadie pusiera objeciones.

Pero en vez de quedarse se había dejado ganar por la culpa y por el miedo, y había huido. A pesar de la increíble experiencia en brazos de Jake, seguía siendo la misma de siempre.

—¿Las patatas están incomibles? —preguntó Jake.

Glynna se sobresalto al oírlo. Él se sentó junto a ella, probó una patata y añadió:

—No están mal. Lástima que estén frías.

—¿Dónde has estado?

—He ido a correr por la playa. Necesitaba salir a pensar.

—Te entiendo. A mí me ha pasado lo mismo —reconoció ella—. ¿Qué has decidido?

Jake se volvió para mirarla a los ojos.

—Tengo la costumbre de decir lo que pienso. A algunos no le gusta, pero por lo menos saben que soy sincero.

Glynna lo miró con recelo.

—Lo sé, y es una de las cosas que más admiro en ti. Pero ¿por qué lo dices?

—Porque espero que seas franca conmigo. ¿Por qué te has escapado de esa forma?

A ella se le hizo un nudo en el estómago. Le costaba hablar de sus sentimientos.

—Te he dicho que quería tener relaciones sexuales contigo, pero no he mencionado nada sobre desnudar mi alma.

—Has dicho que querías descubrir qué clase de mujer eres realmente —replicó Jake, tomándola de la mano—. Primera lección: el deseo sexual nace en la mente, no entre las piernas. Y quiero saber qué pasa en tu cabeza. ¿Por qué te has ido?

Glynna trató de apartar la mano, pero él

la tomó de la muñeca y se lo impidió. Por la forma en que la miraba supo que no podría eludir la pregunta. Respiró profundamente y se armó de valor para contestar.

—Creo que me sentía abrumada por lo que había pasado. Había imaginado que sería de otra manera.

Jake arqueó una ceja.

—Espero que te refieras a que ha sido mejor de lo que esperabas.

—Sí, mejor. Y diferente.

Con el dedo índice, Jake le trazó la línea de la vida en la palma de la mano.

—Ha sido muy intenso —declaró, mirándola fijamente—. No es algo que me ocurra con frecuencia.

—Jamás me había pasado algo así y no sé lo que significa.

—Tal vez los dos llevábamos mucho tiempo sin hacer el amor, y eso lo ha intensificado. O también podría ser que nos llevemos muy bien físicamente. ¿Quién lo habría imaginado?

Glynna se sonrojó.

—No somos muy parecidos, ¿verdad?

—En mi opinión, nos parecemos más de lo que crees.

—¿Qué dices? No nos parecemos en nada.

Él se encogió de hombros.

—Piénsalo bien. Los dos somos exigentes y ambiciosos, y no toleramos la incompetencia.

Ella lo contempló detenidamente. Jake era muy sensual, pero tan distinto de los hombres con los que había salido que le costaba imaginar que fueran compatibles.

—Vivimos vidas diferentes.

—No me he olvidado de ese detalle —afirmó él—, pero este fin de semana no importa. Este fin de semana se trata de hacer lo que te plazca, de disfrutar de la intensidad de tus emociones —le acarició una mejilla—. De aprender a dejarte llevar.

Glynna asintió. Al menos durante el fin de semana dejaría de escuchar lo que su cabeza le decía que hiciera y prestaría más atención a su corazón. Respiró hondo, lo miró a los ojos y preguntó:

—¿Y ahora qué hacemos?

Jake se echó hacia atrás y la estudió atentamente.

—Creo que quiero fotografiarte.

Ella contuvo la risa al ver la seriedad con que la miraba.

—¿Por qué?

—Quiero retratarte desnuda.

La pasión de los ojos de Jake la hizo sonrojarse una vez más.

—No sé…

—Ahora no pienses en eso. Lo hablaremos más tarde. Antes de que termine el fin de semana —dijo él, poniéndose de pie y tendiéndole la mano—. Vamos a dar un paseo.

—¿Adónde?

—A algún lugar donde podamos estar solos —contestó Jake, con una sonrisa cómplice—. Es hora de la segunda lección.

Capítulo cuatro

CAMINARON por la playa en silencio. Jake estaba tan perdido en sus pensamientos que apenas tenía conciencia de la mano de Glynna ni de las olas que le rozaban los pies. La idea de fotografiarla se le acaba de ocurrir, pero cuanto más lo pensaba, más intrigado se sentía. Glynna tenía una belleza física que se plasmaría muy bien en la película; el problema sería poder capturar tanto la dureza exterior como la vulnerabilidad interior.

—¿Adónde vamos? —insistió ella.

La pregunta lo sacó de sus cálculos de poses y perspectivas, y lo devolvió a la mujer de carne y hueso. Se volvió para mirarla. El viento le había revuelto el cabello y la luna le iluminaba el rostro. No entendía cómo había podido pensar que Glynna era fría.

—No estoy seguro —contestó—. Pero lo sabré en cuanto lo vea.

Jake sabía que Glynna vivía pendiente de la opinión de los demás, o al menos de la de su padre, y había comprendido que lo que necesitaba era aprender a transgredir. Sólo tenía que encontrar algo que la hiciera sentirse lo bastante expuesta como para obligarla a reaccionar y dejar de pensar en la mirada de los otros.

Estaban cerca del local de karaoke, y según el folleto del complejo, después de la medianoche se convertía en discoteca, con una pista de baile exterior, en una terraza con vistas al mar.

—Vamos a la discoteca —dijo, avanzando en aquella dirección.

Ella se quedó atrás.

—No quiero bailar.

Jake sonrió.

—Esta forma de bailar de gustará. Te lo prometo.

En vez de llevarla directamente al local, Jake la guió hacia la playa que estaba bajo la terraza. Recordaba que había una hamaca colgada de dos de las palmeras que bordeaban la pared que separaba la pista de baile de la playa, y la llevó hasta allí.

—¿Qué haces? —preguntó ella.

—He pensado que éste podría ser un buen lugar para un baile privado.

Ella levantó la vista y frunció el ceño, con preocupación. La música se mezclaba con las risas, el choque de las copas y el ruido de los bailarines.

—¿Qué quieres decir?

Él la atrajo hacia sus brazos y la apretó

contra sus erección para que comprendiera lo que sentía.

—¿Alguna vez has hecho el amor en un lugar público?

—¡No!

Glynna trató de apartarse, pero él la retuvo, estudiándole el rostro para calcular cómo reaccionaría a sus palabras.

—Puede ser muy excitante —afirmó, acariciándole el pecho—. Sabes que en cualquier momento te pueden descubrir, que alguien podría oírte —le besó el cuello—. Que podrían verte...

—No me parece una buena idea —murmuró Glynna.

—¿Por qué no? No es un lugar tan expuesto y está bastante oscuro. Nadie puede vernos, y la música está tan alta que no nos oirán. A menos que grites, claro. Te gusta gritar cuando alcanzas el clímax, ¿verdad? Pues pretendo que lo hagas.

—Jake...

Él se apartó lo suficiente para mirarla a los ojos.

—Has dicho que querías descubrirte a ti misma, y para eso necesitas correr riesgos, hacer cosas que no hayas hecho nunca.

Glynna miró hacia la playa vacía.

—Si alguien nos viera, no sabría quiénes somos, ¿no es cierto?

Jake le rozó un pezón con el pulgar.

—Creerían que somos una pareja de recién casados dominada por la pasión.

—De acuerdo —declaró Glynna, con una tímida sonrisa—. Acepto el desafío.

Era conmovedor verla derrotar a su reticencia natural. Jake la besó apasionadamente. Ella respondió con un ímpetu sorprendente, apretándose contra él y provocándolo con la lengua. Mientras sus bocas se hacían el amor, Jake le acarició los senos, y Glynna gimió complacida.

Cuando Jake la guió hasta la hamaca, ella aprovechó el vaivén para rodearle la cintura con las piernas y atraerlo hacia su sexo. Antes de que él pudiera retroceder, estiró un brazo y lo acarició por encima de los pantalones.

—Me encanta que ya estés tan excitado —susurró.

Decidido a mantener el control de la situación, Jake le apartó la mano, le quitó la blusa y le besó los senos. Ella se tapó la boca para acallar el alarido de placer.

—Eso es —murmuró él—. Alguien podría oírnos.

Glynna se arqueó contra él. Enloquecido por la fricción, Jake trató de desabrocharse los pantalones, pero ella lo detuvo.

—Déjame a mí.

Aunque Jake pensó en negarse para dejarle claro que aquella lección estaba a su cargo, la mirada encendida de Glynna lo convenció de que cederle el control podía resultar muy agradable.

Ella le bajó la cremallera con una lentitud desesperante y le rozó el pene con la punta de los dedos. Sin apartar la vista, le bajó los calzoncillos y le acarició los testículos. Jake contuvo la respiración. La sensación era tan electrizante que tuvo que cerrar las rodillas para mantenerse en pie. Tenía que controlarse, si no quería que aquello terminara demasiado pronto.

En parte para distraerla, en parte para relajarse un poco, le deslizó dos dedos por debajo de los pantalones cortos. Glynna no llevaba braguitas, y el contacto con la cálida humedad de su sexo amenazaba con descontrolarlo definitivamente. Con un gruñido, le apartó la mano del pene y dejó avanzar la suya. Ella empezó a temblar y echó la cabeza hacia atrás.

—Eso está muy bien —dijo, entre dientes—. No te detengas, por favor...

—Cariño, no pretendo detenerme.

Acto seguido, Jake le separó los labios menores y empezó a acariciarla, suavemente al principio y luego con mayor intensidad. Glynna lo apretó entre los muslos y empezó a jadear.

Él la contempló fascinado. Tenía la cabeza echada hacia atrás, el pelo revuelto cayéndole sobre la espalda, los ojos cerrados, la boca entreabierta y los labios inflamados por los besos. Estaba más bella que nunca, entregada al placer sin inhibiciones. Verla transformada por la pasión y la necesidad alimentaba su propio deseo.

Inclinó la cabeza para besarle los senos una vez más, pero antes de que pudiera hacerlo, ella se estremeció y le mordió el hombro para no gritar, mientras se sacudía por la fuerza del orgasmo. Jake la abrazó con fuerza y le acarició la espalda.

Al cabo de un rato, cuando consiguió recuperar el aliento, Glynna se recostó en la hamaca y lo miró a los ojos.

—¿Por qué jamás había disfrutado tanto del sexo? —preguntó.

Sonaba tan asombrada que Jake no sabía si reírse o enfadarse.

—Tal vez no estabas con el hombre correcto.

Ella bajó la vista hacia los pantalones de su amante y sonrió.

—Te toca a ti —dijo, incorporándose y balanceando la hamaca contra él—. Esto podría ser muy interesante.

Jake la tomó de las caderas.

—Creo que antes deberías quitarte la ropa.

Para sorpresa de Jake, lejos de protestar

afirmando que no podía desnudarse en un lugar público, Glynna lo miró a los ojos, se quitó los pantalones y los arrojó a la arena.

—Te toca a ti —repitió.

Él se libró de los pantalones y de los calzoncillos. No podía evitar sentirse tonto. Cualquiera que pasara sabría lo que estaban haciendo sólo con ver la palidez de su trasero a la luz de la luna.

Ella estiró los brazos y lo tomó de las nalgas.

—Tienes un trasero muy bonito. Ya lo había notado. Sobre todo cuando te pones pantalones de cuero.

—¿Así que te sentías atraída por mí hace tiempo?

La idea lo complacía.

—Puedo ser algo reprimida, pero no estoy muerta.

—Yo no creo que seas reprimida.

Jake le separó las piernas y le apretó el pene contra el pubis. Estaba impaciente por entrar en ella.

Glynna sonrió.

—Supongo que no —dijo, balanceándose contra él—. Me temo que aquí falta algo.

—Si te refieres a los preservativos, tengo uno en el bolsillo.

Jake quiso agacharse para buscar sus pantalones, pero ella lo detuvo.

—Estaba pensando que necesitábamos más lubricación.

Sin decir una palabra más, Glynna se echó hacia adelante y se introdujo el pene en la boca. Él dejó escapar un largo gemido y la tomó de los hombros mientras ella le buscaba el placer con los labios y la lengua hasta llevarlo al borde de la locura. Jake apretó los dientes y hundió dos dedos en ella, preguntándose si debía contenerse o dejarse arrastrar al clímax.

Ella levantó la cabeza y lo miró a los ojos.

—Creo que ahora sí estamos listos para el preservativo.

Acto seguido, Glynna le quitó el envoltorio de las manos y lo abrió. Jake estuvo a punto de rendirse cuando le colocó el preservativo, pero de alguna manera consiguió controlarse. Después, ella se echó hacia atrás y lo rodeó con las piernas.

—Veamos cómo funciona esta hamaca —dijo.

Al entrar en ella, Jake sintió que estaba en el paraíso. Cerró los ojos y se rindió al placer del momento: la música de fondo, la brisa del mar, el sexo y la exquisita sensación de tener a Glynna a su alrededor, moviéndose contra él en una frenética danza de ritmos contrarios.

Siguió empujándose dentro de ella mientras lo sacudía el orgasmo. Cuando finalmente se dejó caer sobre la hamaca, estaba agotado. Glynna lo envolvió con brazos y piernas, y lo sostuvo hasta que la hamaca dejó de balancearse. Jake le apoyó la cabeza en el pecho, cerró los ojos e inspiró el dulce aroma de su piel. Tenía la impresión de que nunca se había sentido tan satisfecho y feliz. Le habría gustado poder capturar la emoción del momento en una fotografía, pero sabía que era imposible. Lo único que podía hacer era disfrutar del poco tiempo que tenían para estar juntos, y tratar de no sufrir cuando todo hubiera terminado.

A la mañana siguiente, Glynna se despertó extrañamente agarrotada. Sonrió mientras se desperezaba, pensando que su cuerpo le estaba pasando factura por haberlo tenido olvidado tanto tiempo. Sin dejar de sonreír, estiró una mano para buscar a Jake, pero la cama estaba vacía. Se sentó y miró a su alrededor, angustiada ante la posibilidad de que se hubiera marchado otra vez.

En aquel momento, oyó ruidos en el cuarto de baño y suspiró aliviada al comprender que se estaba duchando. Estaba a punto de levantarse para sorprenderlo, pero lo oyó cerrar el grifo y decidió recostarse y esperar.

Minutos después, Jake salió del cuarto de baño con el torso húmedo, secándose la cabeza con una toalla, vestido sólo con el bañador. Ella lo recorrió con la mirada y arqueó las cejas al ver la marca morada en el hombro derecho.

—¿Qué te ha pasado en el hombro? —preguntó.

Él se miró el cardenal y sonrió.

—Alguien me mordió anoche.

Glynna se puso colorada, recordando los momentos de pasión en la hamaca.

—¿Yo te hice eso?

—Sí. Estuviste maravillosa.

Ella pensó que él había estado formidable, pero apartó la vista, temerosa de lo que Jake pudiera leer en la expresión de su cara.

—¿Qué tienes pensado hacer hoy?

—Iré a fotografiar interiores, las habitaciones, el bar, cosas así. He quedado en reunirme con alguien del complejo a las diez para que me acompañe. ¿Y tú?

Glynna habría querido pasarse el día en la cama con él, pero, a fin de cuentas, habían ido a hacer un reportaje.

—Tendría que empezar a hacer entrevistas —contestó, cerrando los ojos y estirando los brazos hacia atrás—. Después, aprovecharé para tomar el sol en la piscina.

Glynna no solía tomarse tiempo para relajarse y no hacer nada, pero aquella mañana la idea le parecía muy tentadora. Abrió los ojos y descubrió que Jake la estaba mirando con los ojos cargados de deseo.

—Cuando anoche dijiste que querías fotografiarme, ¿hablabas en serio?

Él asintió y se sentó en el borde de la cama.

—Has visto mi trabajo y sabes que intento poner el énfasis de la imagen en el cuerpo, no en la cara. Nadie sabría quién eres.

Ella recordó la fotografía que había visto y pensó que Jake la hacía sentirse tan bella y erótica como la mujer de aquel desnudo. Sin embargo, no estaba segura de que la cámara pudiera captar su sensación.

—Me lo pensaré —dijo.

—Y yo me pasaré el día pensando en ti.

Glynna se inclinó hacia él.

—Tal vez deberías volver a la cama…

Jake miró el reloj y movió la cabeza en sentido negativo.

—No sabes cuánto me gustaría, pero son casi las diez.

—De acuerdo.

Aunque se moría de ganas de rogarle que se quedara, Glynna sabía que no era la persona más indicada para criticarlo por anteponer el trabajo al placer.

Después de despedirse de Jake, se puso

el bañador y el pareo, metió la grabadora y la libreta en su bolso y salió a la playa. Entró en el bar para tomar un café y notó que todos la miraban como si fuera un bicho raro. Al mirar a su alrededor vio que el local estaba lleno de parejas y comprendió que era imposible que una mujer sola no llamara la atención. Le habría gustado que Jake tuviera tiempo para desayunar con ella. Una de las cosas que más la habían sorprendido del fin de semana era descubrir lo placentera que podía llegar a ser la compañía de Jake Dawson. Un descubrimiento que le hacía preguntarse cuántas veces se habría equivocado al juzgar a las personas.

Marcie pasó por la puerta del bar y, al verla, entró a hablar con ella.

—¿Qué tal va todo? —preguntó—. ¿Estáis disfrutando de la estancia en La Paloma?

—Sí, está resultando muy placentera.

Aquella palabra no bastaba para definir lo mucho que estaba disfrutando del fin de semana, pero el complejo turístico no tenía mucho que ver con ello.

Marcie se sentó en un taburete junto a ella.

—¿Qué hiciste anoche?

—Fui a la discoteca.

Glynna sonrió al recordar el baile privado con Jake.

—Espero que aproveches el resto de los servicios mientras estés aquí —dijo Marcie—. Tenemos un balneario maravilloso. Y si te gustan el arte y las manualidades, esta tarde hay clases de alfarería y acuarela. Ah, y no olvides las clases de masajes para parejas; podría ser interesante para tu artículo.

—¿Masajes para parejas? —preguntó Glynna, mientras lo apuntaba en su libreta—. Desde luego, suena muy interesante.

La idea de darle un masaje a Jake la estremecía. Se preguntó qué estaría haciendo en aquel momento y levantó la vista, con la esperanza de verlo entre la gente, en la piscina o en la playa.

—¿Puedo hacer algo más por ti?

La pregunta de Marcie le recordó que se suponía que había ido trabajar. Sacó la grabadora del bolso y la apoyó en la barra.

—¿Tienes tiempo para que te haga unas preguntas sobre el complejo?

—Por supuesto.

Glynna se pasó la siguiente hora hablando con Marcie sobre la historia y los planteamientos de La Paloma.

—En vuestro folleto pone que tenéis todo para que las parejas concreten sus fantasías románticas. ¿Qué es lo que ofrecéis exactamente?

—Intentamos que éste sea un lugar donde

las parejas no tengan que preocuparse por los asuntos cotidianos, como el dinero o el trabajo —contestó Marcie, con una sonrisa—. Habrás notado que casi no hay relojes, ni periódicos y revistas. Intentamos que las parejas tengan todo lo que necesitan y no suelen tener: tiempo para estar solos, intimidad, espacios románticos, juegos eróticos...

—¿Y todo pasa por el sexo?

—No todo es sexo —reconoció Marcie—, pero coincidirás conmigo en que el sexo es muy importante en una relación. Compartir la intimidad, revelarse física y emocionalmente ante la pareja, es la base de un vínculo sólido. Para los recién casados, La Paloma es un sitio en el que descubrirse mutuamente. Para las parejas formadas hace tiempo, éste es un espacio donde redescubrir el amor.

—¿Y para qué sirven las clases de masajes para parejas? —preguntó Glynna, arqueando una ceja.

—A diferencia de otras culturas, nuestra sociedad antepone el trabajo y la seriedad al placer y la diversión. Queremos que las parejas aprendan a jugar y esperamos que trasladen esa sensación de felicidad a su vida cotidiana —se inclinó hacia Glynna y, con tono cómplice, añadió—: No me digas que no te parece tentadora la idea de frotar el cuerpo de tu amante con aceites aromatizados. Y ¿quién sabe? Tal vez, cuando estés en medio de una reunión aburrida, puedas recordar lo que has sentido y esa sensación te sirva para soportar el tedio del día de trabajo.

Glynna se cruzó de piernas; la idea de frotar aceite sobre el musculoso pecho de Jake le provocaba un hormigueo en el sexo. Sin poder ocultar el rubor, se humedeció los labios.

—Entiendo lo que dices —afirmó, apagando la grabadora y sacando la libreta—. Si no te importa, me gustaría charlar con alguna de las parejas que están aquí sobre sus experiencias en La Paloma.

Glynna pensó que, si la suerte la acompañaba, tal vez podría encontrar a cierto fotógrafo y proponerle que dedicaran un tiempo a sus propios juegos.

Capítulo seis

JAKE se pasó la mañana haciendo fotos del interior de las cabañas, de los restaurantes y de los bares. Eran tomas que podrían servir para ilustrar un folleto publicitario, pero no para el reportaje que estaba haciendo. Las mejores imágenes para el artículo las conseguiría cuando se librara del empleado que lo acompañaba, vigilando lo que hacía cual perro guardián. Jake sabía que parte del trabajo consistía en ser complaciente con los que lo habían invitado y, a pesar de su fama de rebelde, siempre era muy educado con sus anfitriones.

Después de cinco carretes, por fin pudo librarse de su guía. Ordenó el equipo y se dirigió a la piscina. Glynna había mencionado algo sobre tomar el sol. Si tenía suerte y la encontraba, trataría de convencerla para que regresaran a la cabaña. Estaba impaciente por verla desnuda otra vez. Quería demostrarse que la noche anterior no había sido una casualidad, la suma del exceso de alcohol y el largo período de abstinencia. Se preguntaba si de verdad era posible que una mujer a la que consideraba una princesa de hielo lo encendiera de aquella forma.

Al llegar al borde de la piscina, una mujer lo llamó desde el agua.

—¡Hola, Jake! —gritó Emily Spencer.

Rich, su marido, estaba junto a ella.

—¿Sigues sacando fotos para tu artículo? —preguntó.

Aunque quería encontrar a Glynna cuanto antes y no le apetecía charlar con nadie, Jake trató de mostrarse tan amable como pudo.

—¿Qué puedo decir? Estoy en medio del paraíso, pero tengo que trabajar.

Rich se sentó en el borde de la piscina, delante de dos tumbonas ocupadas por otra pareja joven.

—Te presento a nuestros amigos Eddie y Karla Davies.

—Encantado —dijo Eddie, tendiéndole la mano.

—¿Podrías sacarnos una foto? —preguntó Emily—. Los cuatro estamos de luna de miel.

Jake sabía que sería un desperdicio de película, pero lo divertía poder hacer algo que los contentara.

—Con mucho gusto —contestó—. Karla, Eddie, por favor, sentaos en el borde de las tumbonas.

Las dos parejas se acomodaron en sus sitios, las mujeres delante y los hombres en cuclillas.

—¡Espera! —gritó Eddie—. Tenemos un brindis.

Acto seguido, los cuatro buscaron sus copas y las levantaron en alto.

—¡Por La Paloma! —exclamaron al unísono.

Jake sonrió. A través de la lente, la imagen no parecía tan mala. El castillo de arena que decoraba el edificio principal del complejo era un fondo ideal para cuatro personas felices, jóvenes y enamoradas que, sin duda, estaban viviendo el mejor momento de su vida. Después de todo, tal vez le serviría para el reportaje.

Sacó varias fotos, bajó la cámara y les dio las gracias.

—Os avisaré si hay alguna foto que podamos usar para la revista —dijo.

Después, Jake se sentó en el borde de una tumbona vacía, cambió el carrete y guardó la cámara en la mochila para protegerla del sol.

—¿Qué os hizo decidiros a venir a La Paloma? —le preguntó a Eddie.

Jake le había hecho la misma pregunta a media docena de parejas y esperaba obtener la misma respuesta.

—Es tan romántico… —dijo Karla, como el resto de las recién casadas.

—Pero ¿qué es lo que hace que sea tan romántico? —insistió él.

Todos contestaban algo relacionado con la playa, las palmeras o las cabañas, pero Karla lo sorprendió.

—Es muy diferente de nuestra vida real —argumentó—. No hay plazos ni preocupaciones. Como todo está incluido, ni siquiera tienes que calcular la propina de la cena ni preguntarte si puedes pagar otra copa. Todos están para servirte, y eso no es lo que pasa en la vida real.

—Es una oportunidad para darse todos los caprichos —opinó Eddie—. Para hacer cosas que normalmente no se harían, desde cantar en un karaoke hasta ser algo pervertido en el dormitorio.

—¡Eddie! —lo reprendió su mujer, roja como un tomate.

Jake soltó una carcajada.

—¿Y que habéis estado haciendo para divertiros? Además del sexo pervertido...

Eddie arqueó las cejas.

—¿Hay algo más divertido que eso?

—Hablando en serio —dijo Rich, sumándose a la charla—. ¿Sabías que hay jacuzzis para dos en los jardines? ¿Y en cuántos lugares se puede pedir al servicio de habitaciones una docena de ostras y algo llamado «la pócima del amor»?

—De acuerdo, me habéis convencido —dijo Jake, colgándose la mochila al hombro.

Los recién casados también le habían dado una idea para ilustrar el artículo de Glynna. La temática giraría en torno a las fantasías sexuales. Ardientes y eróticas, sin llegar a ser pornográficas. Si aprovechaba las sombras y los ángulos artísticos, podría conseguir un material excelente. Jake sonrió y se dijo que aquello iba a ser mucho más divertido de lo que había imaginado.

Se despidió de las parejas y rodeó la piscina. Glynna estaba al otro lado del trampolín, recostada en una tumbona y charlando con otra mujer. Jake se detuvo unos metros antes de alcanzarla, disfrutando de la posibilidad de mirarla detenidamente.

Glynna estaba muy atractiva con su biquini rosa, sus gafas de sol y su tobillera de plata. Jake se moría por fotografiarla. Tenía que encontrar la manera de convencerla durante el fin de semana. Quería verla a través de la lente con el ojo de un amante. Quería sacarle fotos después de hacer el amor y capturar aquella expresión adormilada y complacida.

Cuando se fue la otra mujer, Glynna levantó la vista y lo descubrió mirándola. Jake decidió esperar un momento antes de acercarse. Quería ver qué hacía al verlo delante, desnudándola con los ojos descaradamente. Esperaba que se quitara las gafas para poder verle la expresión.

Lejos de sentirse intimidada, Glynna sacó el bronceador de la bolsa y comenzó a esparcírselo por los muslos, con una lentitud desesperante. Jake contuvo la respiración, cautivado por sus movimientos.

Ella siguió con el juego y se pasó la loción por el estómago y por el pecho. A través del biquini se podía ver que tenía los pezones endurecidos. Él recordó cómo había gemido la noche anterior cuando le lamía los senos y se estremeció. Quería ir a buscarla para sacarla de la tumbona y llevarla de regreso a su dormitorio, pero estaba tan excitado que no podía moverse sin arriesgarse a que todo el mundo viera su erección. Necesitaba tomarse su tiempo para relajarse. Si ella lo estaba mirando, las gafas la ayudaban a disimularlo.

Glynna guardó el bronceador y se secó las manos en la toalla. Después, se volvió hacia el plato de frutas que había en la mesa, eligió un mango y lo mordió, con un gesto lujurioso. Jake apretó los dientes, sufriendo por la presión de la tela contra el pene, y se preguntó si tenía idea de lo que le estaba haciendo.

Cuando se terminó el mango, Glynna escogió una fresa, pero en vez de metérsela en la boca, la lamió y la sostuvo entre los dientes. En aquel momento, Jake se convenció de que, efectivamente, lo estaba mirando. Ella sonrió, dejó caer la fruta en su boca y le lanzó un beso.

Él tomó una toalla de una silla vacía, se la colgó de la cintura y avanzó hacia ella.

—¿Te diviertes? —le preguntó.

—Sí, y mucho.

—Recuerda que la venganza será terrible.

—Estoy ansiosa por ver qué tienes en mente.

Jake la tomó de la mano y trató de levantarla, pero ella se resistió.

—¿Qué hora es? —preguntó.

Él miró el reloj, desconcertado.

—Casi la una. ¿Por qué?

Glynna se puso de pie y recogió sus cosas.

—Es mejor que nos demos prisa o llegaremos tarde.

—¿Adónde?

—A nuestra clase.

—¿Qué clase? No me interesa ninguna clase.

Lo único que quería Jake era llevarla a la cabaña para hacerle el amor una vez más.

Ella sonrió.

—Creo que ésta te interesará.

—¿De qué va?

—De pintar el cuerpo de la pareja —contestó Glynna, deslizándole un dedo por el pecho—. Pintas lo que sea y después lo limpias con la lengua.

Jake sintió que se le paraba el corazón.

—¿Y vamos a hacer eso delante de otras personas?

Ella soltó una carcajada.

—Creía que eso no te preocupaba.

Glynna tenía razón, pero en aquel momento estaba en una situación demasiado comprometedora como para no preocuparse por la mirada de los demás.

Cuando llegaron al salón donde se impartía la clase de pintura, Glynna ya no se sentía tan animada. Provocar a Jake en la piscina había sido una cosa, y jugar sensualmente con él delante de ocho parejas de desconocidos era otra muy distinta.

—Parece que estamos listos para empezar —dijo la profesora, una simpática rubia llamada Reyna—. Quiero que cada pareja tome un juego de pinturas y se ponga cómoda.

Acto seguido, Reyna les entregó algo parecido a las bandejas de acuarelas para niños. Jake metió el meñique en la pintura morada y se lo llevó a la boca.

—¿A qué sabe? —preguntó Glynna.

—A uva. No está mal, pero estoy seguro de que en tu piel sabrá mucho mejor.

Ella se sonrojó y se concentró en encontrar una postura cómoda en la hamaca que compartían.

—Recordáis cómo es pintar con los dedos, ¿verdad? —dijo Reyna—. Eso es lo que vais a hacer, sólo que usando el cuerpo de la pareja como lienzo. Decoradlos como queráis. Quiero que seáis creativos y que os divirtáis.

La habitación se llenó de risas nerviosas, y a Reyna se le escapó una carcajada.

—Recordad que no hay reglas —añadió—. Bueno, sólo una. La pintura es comestible, así que si os equivocáis, podéis borrar el trabajo y a comenzar de nuevo.

Antes de que Glynna pudiera protestar, Jake le quitó la bandeja de las manos. Estudió detenidamente los colores y se echó hacía atrás para mirarla, con una intensidad que la ponía nerviosa.

—¿Qué estás tramando, Jake?

—¿Qué te hace pensar que tramo algo? —replicó él, con una sonrisa pícara.

Después, Jake hundió un dedo en la pintura roja, le trazó una línea vertical en el estómago y se detuvo al llegar al borde de los senos.

—¿Qué haces?

—Ya lo verás.

Jake se empapó otro dedo con pintura verde.

—¿Una palmera?

—Un cocotero —puntualizó él, pellizcándole un pezón.

—En serio, ¿qué estás pintando?

Jake escogió el azul para pintarle una raya horizontal en el estómago. El roce era tan placentero que Glynna estaba dispuesta a dejarlo seguir cuanto quisiera. Se le habían endurecido los pezones y cada vez se sentía más excitada.

—Cierra los ojos —dijo él—. Quiero que sea una sorpresa.

Aunque con reticencia, ella obedeció y trató de relajarse en la hamaca. Podía oír el rumor y las risas de las otras parejas, y sentir el aroma frutal de las pinturas mezclado con el olor a coco de los bronceadores.

Jake añadió unos toques más debajo de los senos, desde las costillas hasta el ombligo, y luego se apartó.

Glynna abrió los ojos y lo encontró en cuclillas, contemplando atentamente el resultado.

—¿Puedo mirar? —preguntó.

Él negó con la cabeza.

—Aún no. Esta parte no está bien.

Con la mirada encendida, Jake se echó hacia adelante y empezó a lamer la última parte de su trabajo.

Ella gimió al sentir la cálida humedad de la lengua que se deslizaba desde su ombligo hasta la cara interior de sus muslos, pasando por el borde del pubis. Para desesperarla un poco más, Jake le introdujo la lengua por debajo de la tela.

—¿Qué haces? —jadeó, estremecida.

—Maldecirme por no tener la lengua más larga.

—¡Jake, hay gente delante!

Glynna trató de levantarse, pero él la detuvo con una mano y siguió lamiéndola como si estuvieran solos. Aunque estaba profundamente excitada, trató de mantener una expresión tranquila. Echó un vistazo a su alrededor y comprobó que nadie los estaba mirando. Todos parecían demasiado interesados en sus propios proyectos artísticos como para prestar atención a los demás.

—Espero que todos estéis preparados para mostrar vuestro trabajo —dijo Reyna.

Jake levantó la cabeza, se limpió los labios y sonrió.

—Las venganzas son terribles, ¿verdad?

Glynna tuvo que contener la risa al ver que tenía restos de pintura en la boca, como si le hubieran dibujado un bigote azul.

—¿Quiénes quieren ser los primeros en mostrar su trabajo? —preguntó Reyna.

Un rubio fornido levantó la mano.

—¡Nosotros! —exclamo.

Acto seguido, el hombre se puso de pie y ayudó a su mujer a levantarse. Había decorado el trasero de su compañera con varias inscripciones. Desde su asiento, Glynna alcanzó a leer: ¡Entra!, Impresionante y ¡Ven conmigo!

La mujer dio una vuelta para que pudieran admirar la obra, y todos rieron y aplaudieron las ocurrencias de su marido.

—¿Quién sigue? —preguntó Reyna.

—Nosotros.

Glynna dio un grito ahogado cuando Jake la obligó a ponerse de pie.

—Aquí tenemos un mapa del tesoro muy especial —anunció él.

Ella se miró en el espejo de la pared y se impresionó al descubrir la notable reproducción de un mapa pirata, con palmeras, un mar embravecido, un cofre y una flecha que apuntaba hacia su sexo, con la leyenda Excavar aquí. Movió la cabeza y se unió a las risas de los demás.

—Parece que en algunas partes se le ha corrido la pintura —dijo un hombre.

Jake carraspeó.

—Sí, es que me había equivocado y he tenido que borrar.

Mientras que los demás reían a carcajadas, Glynna se dejó caer en la hamaca.

—Muy gracioso —le susurró a Jake.

—A mí me ha parecido muy divertido —afirmó él, guiñándole un ojo—. Eres un buen lienzo.

—No sabía que tuvieras tantas dotes artísticas.

—Para ser bueno con la cámara hay que tener mirada creativa, ¿no crees?

Ella asintió. No cabía duda de que Jake era un artista; bastaba con echar un vistazo a sus fotografías para darse cuenta.

Las demás parejas mostraron su trabajo. Una mujer joven había pintado un camuflaje verde y marrón sobre la piel de su esposo; otra pareja había decidido mutuamente inscripciones para adjetivar las distintas partes del cuerpo.

Cuando no hubo más voluntarios para mostrar el trabajo, Reyna pidió un aplauso para todos.

—La clase ha terminado —dijo—. Pero podéis llevaros las pinturas a las cabañas para seguir experimentando. Divertíos.

Glynna levantó la paleta de pinturas y miró a Jake con gesto desafiante.

—Eso significa que ahora me toca a mí —afirmó.

—Espera un momento.

Jake se dio la vuelta y corrió a buscar a las parejas de las inscripciones y el camuflaje.

—Me gustaría fotografiaros para el reportaje que estamos haciendo para el Texas Style.

Cinco minutos después, Jake estaba tan ocupado con la cámara, las luces y los modelos, que Glynna empezó a pensar que se había olvidado de ella. Le picaba la pintura y le hacía ruido el estómago, porque llevaba demasiadas horas sin comer. Miró la paleta y comprendió que, cuando Jake terminara, la pintura se habría secado y ya no serviría. La dejó a un lado, se puso el pareo y salió. Estaba decepcionada, pero no podía enfadarse con él. Entendía perfectamente lo importante que era el trabajo para Jake. De hecho, ella sentía lo mismo por el periodismo.

Aun así, no le gustaba que le recordaran que la fantasía que estaba realizando aquel fin de semana no encajaba bien con su vida real. Le había prometido que no haría reclamaciones después del domingo y pensaba cumplir su palabra, pero se lamentaba de que no hubiera una forma de prolongar un poco más la fantasía.

Capítulo siete

JAKE regresó a la cabaña después del anochecer. Se había pasado el resto del día haciendo fotografías para el reportaje. No dejaba de tener ideas y necesitaba capturar las imágenes mientras le durara la inspiración. Imaginaba que Glynna estaría enfadada y esperaba encontrar la puerta cerrada. No sería ni la primera ni la última vez que una mujer se ofendiera con él por haber antepuesto el trabajo.

Por otra parte, Glynna sabía que no había ningún compromiso entre ellos y no tenía derecho a estar furiosa con él.

Pero el picaporte giró con facilidad. Jake entró en el oscuro salón con cautela y dejó el equipo en el suelo.

—¿Glynna?

—Estoy aquí —contestó ella.

Él fue hasta el dormitorio y la encontró recostada en la cama, a media luz y con una bata de gasa, que dejaba ver más de lo que cubría. Le brillaba la piel y el cabello le caía sobre los hombros. Jake cambió la rabia por un renovado deseo. Quería correr a tomarla entre sus brazos, pero no estaba seguro de lo que pasaba, y se obligó a calmar la ansiedad.

—¿Qué has hecho durante la tarde? —preguntó, entrando en la habitación.

Glynna estiró los brazos sobre la cabeza y arqueó la espalda. Jake vio la sombra de los senos bajo la tela y se le hizo la boca agua.

—He ido a que me dieran un masaje en el balneario. Ha sido genial.

—Me imagino…

Él se moría por darle un masaje, por tocar cada centímetro de su piel.

—Después he vuelto aquí y he trabajado un poco con el artículo. ¿Y tú? ¿Has sacado buenas fotos?

—Sí.

Jake se sentó en el borde de la cama, aún receloso y esperando que lo reprendiera por haberla dejado sola. Mientras la miraba se preguntó cómo había sido capaz de alejarse de ella.

—Háblame de tus fotos —dijo Glynna, sentándose y revelando que no llevaba ropa interior.

Él la miró a los ojos. Estaba tranquila y parecía sinceramente interesada.

—He hecho unas fotos geniales de las parejas de la clase de pintura. Los he retratado pintándose unos a otros, y después se me ha ocurrido fotografiarlos en el mar, quitándose la pintura.

Jake le contó que no había enfocado la cámara en las caras, sino en distintas partes del cuerpo: la mano de un hombre sobre el muslo de una mujer; un estómago femenino salpicado por el agua del mar; una mujer besando el hombro de su marido mientras una ola se elevaba sobre ellos.

—Eso suena muy bien. Muy sensual.

—Ésa es la idea —afirmó Jake —. Este lugar está pensado íntegramente en función del sexo, y quería que mis fotos lo reflejaran.

—Mi padre se va a desmayar cuando las vea...

Sin duda, a Gordon McCormick le iba a dar un ataque. Jake levantó la cara con gesto desafiante y declaró:

—A los lectores les va a encantar.

—A mí me parece genial. Y creo que Stacy tiene razón. Necesitamos algo llamativo para atraer a los lectores jóvenes.

—Entonces, ¿no te molesta que te haya abandonado después de la clase?

—Me he quedado un poco decepcionada —reconoció, encogiéndose de hombros—. Pero los dos tenemos trabajo, y sería tonto e injusto por mi parte ofenderme porque te hayas pasado el día haciendo fotos.

Él la observó con detenimiento, tratando de averiguar si sus palabras eran sinceras.

En caso afirmativo, Glynna era distinta de las mujeres con las que había estado. Para asegurarse, se levantó y se acercó a ella.

—¿Qué haces, Jake?

—Trato de entenderte.

—Creía que ya lo habías hecho. ¿No decías que era una niña obediente y que parecía el perrito de mi padre?

Él hizo una mueca de dolor.

—Tal vez no te conocía tanto como creía.

Glynna apartó la mirada y dejó de sonreír.

—No, tenías razón. Al menos en gran medida. Soy una niña obediente, criada por un padre solemne para hacer exactamente lo que se espera de ella. ¿Qué más quieres saber?

—¿Y tu madre?

—Murió cuando yo tenía nueve años. Desde entonces estamos solos mi padre y yo.

Jake podía imaginar la escena: el viudo concentrado en su trabajo, tratando de aliviar el dolor por la pérdida de su amada, y la niña que había seguido los pasos de su padre, en un desesperado intento de captar su atención. Le acarició la pierna.

—Creo que eres mucho más que la hija de tu padre. Eres muy buena periodista. Si no te reprimieras tanto, con el talento que tienes podrías hacer lo que quisieras. Eres una mujer apasionada y mucho más atrevida de lo que crees.

Glynna volvió a sonreír.

—Ciertamente, este fin de semana he sido muy atrevida… gracias a ti…

—No, no tiene nada que ver conmigo. El potencial estaba ahí. Yo sólo he tenido la suerte de poder presenciarlo.

A Jake se le hizo un nudo en la garganta. La estancia en la isla con Glynna estaba siendo maravillosa. Independientemente de lo que pasara cuando regresaran a Houston, jamás se olvidaría de aquel fin de semana.

—Tal vez sea yo la afortunada —dijo ella—. Cuando anoche me atreví a proponerte que tuviéramos relaciones sexuales, esperaba que te rieras.

Jake trató de ocultar cuánto lo herían aquellas palabras. No se podía creer que Glynna lo considerara tan insensible.

—¿Cómo iba a hacer algo así?

—Creía que te caía mal.

—Y yo creía que me odiabas —afirmó él, acariciándole el estómago—. Me halaga que me lo propusieras. Y sigo sin estar seguro de por qué lo hiciste.

Jake no alcanzaba a comprender qué podía ver en él una mujer cómo Glynna.

—Eres distinto de los otros hombres que conozco —explicó ella, tumbándose de lado para mirarlo—. Dices lo que piensas; no haces trampas ni intentas impresionar a la gente, y parece que jamás dudas de nada de lo que haces. Me gustaría poder tener una pizca de tu confianza.

—Por supuesto que tengo dudas. Todo el tiempo. Pero he aprendido a no mostrarlas o a no darles importancia y a seguir adelante contra viento y marea.

—Supongo que eso fue lo que hiciste anoche. Y me alegro.

La cálida sonrisa de Glynna lo conmovía profundamente. Si conseguía dejar de mirarla, Jake podría recuperar el sentido común. Cerró la mano sobre la bata y trató de hablar con naturalidad.

—¿Y qué pasará después? ¿Este fin de semana te ha cambiado en algo?

Ella apartó la vista.

—No lo sé. Espero que sí.

Jake se sentó y se echó hacia adelante para besarla tiernamente. Glynna se merecía lo mejor, y aunque él no fuera la persona indicada para dárselo, haría todo lo que pudiera para ayudarla a conseguirlo.

Ella lo tomó de los hombros y lo apartó, con una sonrisa.

—Tengo una sorpresa para ti.

—¿En serio? ¿Qué es?

—Fíjate en aquel armario.

101

Él se levantó de la cama y fue hasta el armario de la esquina. Lo abrió, miró la ropa colgada y no notó nada fuera de lo normal.

—No veo…

Jake sintió que algo se deslizaba sobre su cabeza y le cubría los ojos. Sintió cómo Glynna le anudaba el pañuelo de seda en la parte trasera de la cabeza y trató de detenerla.

—No, por favor —dijo ella—. Lo disfrutarás. Te lo prometo.

Él frunció el ceño, pero le dejó guiarlo hasta la cama.

—Te advierto que no me gusta que me aten.

—¿Cómo lo sabes si no lo has probado?

—¿Quién dice que no lo que probado?

Jake se sentó en la cama y se cruzó de brazos para resistirse.

—También podría ser divertido —dijo Glynna, empujándolo hacia atrás—. Pero esta noche sólo quiero vendarte los ojos.

—¿Por qué?

—Como fotógrafo, confías en tu mirada, en cómo ves el mundo. El color, la luz y el aspecto de las cosas lo son todo para ti. He pensado que podía ser interesante probar qué pasaría si tuvieras que confiar en tus otros sentidos.

Él gruñó. Le gustaba experimentar con el sexo, y la propuesta de Glynna era algo nuevo para él.

—De acuerdo. Te dejaré hacer. Pero sólo por ahora.

Ella le deslizó una mano por el abdomen, la introdujo debajo de los pantalones y le acarició el pene. Jake podía sentir el roce de la bata en el estómago, y el perfume de vainilla y especias que lo envolvía.

Glynna se arrodilló junto a él, le desabrochó el cinturón y le bajó los pantalones. Él se levantó un poco para ayudarla a quitárselos.

—Tienes un cuerpo increíble —afirmó ella, acariciándole el pecho—. ¿Has considerado la posibilidad de posar desnudo?

Jake soltó una carcajada.

—Me dedico a ponerme detrás de una cámara, no delante.

—Eso suponía.

—No…

Jake se interrumpió al sentir el cálido aliento de Glynna en el sexo. Podía percibir la boca que se movía frente a él, aunque sin llegar a tocarlo. El pene se le puso tenso y se balanceó, reclamando atención.

Ella rió y se lo llevó a la boca. Lo acarició con la lengua hasta hacerlo arquearse de placer y gemir que no se detuviera.

Entonces, se levantó a buscar algo y unos segundos después le esparció un aceite por el pecho.

—Dime a que huele.

Él aspiró.

—A canela.

—Muy bien —lo felicitó Glynna, rozándole los pezones con la yema de los dedos—. ¿Y cómo te sientes?

—Te daré veinte minutos para que acabes con esto.

En lugar de contestar, Glynna se echó hacia adelante, le apoyó los senos en el estómago y comenzó a lamerle el aceite. Él le hundió los dedos en el cabello y jadeó complacido.

Cuando ella se volvió a apartar, Jake contuvo la respiración, preguntándose qué nuevo desafío para sus sentidos tenía pensado.

—¿Tienes hambre? —preguntó Glynna.

Antes de que pudiera responder, Jake sintió algo húmedo y dulce en los labios. Al darse cuenta de que era una fresa, recordó cómo lo había provocado Glynna con las frutas en la piscina.

—Come —le ordenó ella.

Jake mordió la fresa y tragó saliva, deseoso de averiguar qué le ofrecería después.

Durante un momento, Glynna no dijo nada. Él oyó el roce de una tela, el tintineo de una bandeja y el suave zumbido del ventilador de techo. Cuando estaba a punto de llamarla, ella se recostó sobre él, aunque sin la bata.

—¿O prefieres comerme a mí? —le susurró.

Jake sintió que algo carnoso, cálido y con sabor a fresa se introducía en su boca. Cerró los labios alrededor del pezón de Glynna y le chupó el seno impregnado de fruta. A tientas, buscó el otro seno, reconoció el sabor del mango y lo lamió apasionadamente. Ella gimió y trató de escabullirse, pero él la abrazó con fuerza, negándose a soltarla hasta que estuviera satisfecho.

—Creo que me gusta este juego —dijo Jake, cuando por fin la soltó.

—Es interesante, ¿verdad? —comentó Glynna, acurrucándose a su lado—. Para experimentar cosas desde una perspectiva distinta, y para hablar —le besó las comisuras—. Ahora vuelvo. No te vayas.

Jake se recostó sobre la almohada, con las manos detrás de la cabeza, esperando ansioso la siguiente oleada de sensaciones. La oyó alejarse, entrar en la habitación contigua y manipular algo metálico. Cuando regresó, oyó más sonidos metálicos y el ruido sordo de algo que caía sobre la alfombra.

—¿Qué haces? —preguntó.

—Ya lo verás. Espera un momento.

Jake cerró los ojos, esperando, diciéndose que debía relajarse, aunque estar recostado en la cama, completamente desnudo y sin poder ver qué pasaba lo hacía sentirse extrañamente vulnerable.

De repente, oyó un clic y sintió que se le paraba el corazón. Había oído aquel sonido cientos de veces y le resultaba tan familiar como su propia respiración. Se sentó y se volvió hacia ella.

—¿Qué haces?

—Sacarte fotos. Ahora, no te muevas —dijo ella, pulsando el disparador una vez más.

Él se quitó la venda de los ojos y la miró.

—¡Basta! No tienes derecho a hacer esto.

Ella disparó otra foto.

—Tranquilo. La cámara es tuya. Si quieres, después puedes destruir el carrete.

Jake se puso la sábana en el regazo para cubrirse.

—Desde luego que lo haré.

Lo que lo molestaba no era que lo retratara desnudo, sino que existiera una prueba gráfica de que le había dejado vendarle los ojos.

Glynna se echó hacia adelante y espió a través de la lente.

—Quería ver cómo era estar de este lado de la cámara, mirando el mundo desde esta perspectiva.

—¿Y qué te parece?

—Es interesante —reconoció ella, colocando la cámara en el trípode—. Se puede controlar cómo se ven las cosas a una distancia determinada, cambiando el ángulo o ajustando el zoom. Los escritores hacemos lo mismo: contamos las cosas desde una perspectiva particular.

—Creía que los periodistas debían ser objetivos.

—Al menos tan objetivos como los fotógrafos.

Glynna dejó la cámara y caminó hacia él.

—Todos vemos las cosas desde nuestro punto de vista, y la lente a través de la cual miramos está teñida por nuestras experiencias, nuestras creencias y nuestra historia —continuó, arrodillándose en la cama—. Pero creo que también podemos aprender a cambiar de ángulo —lo abrazó—, y, tal vez, descubrir que las cosas que en otro tiempo consideramos vitales no lo eran y existen muchas formas de hacer las cosas.

Jake pensó que cambiar de perspectiva también servía para descubrir que la mujer a la que alguna vez había considerado un témpano de hielo resultaba ser cálida y dulce como el chocolate. La besó y, sin dejar de abrazarla, se recostó con ella. Glynna le pasó una pierna por encima de la cadera y le introdujo la lengua en la boca, como si quisiera devorarlo.

Con manos temblorosas, él le acarició los muslos y se deslizó hacia la cálida humedad del sexo de Glynna. Le separó las piernas e inspiró, extasiado con el aroma de sus fluidos. Ella arqueó la espalda y gimió de placer al sentir cómo la besaba íntimamente. Jake sintió la tensión que la dominaba, la tomó del trasero y la atrajo hacia su boca.

Glynna se agitó contra él cuando alcanzó el clímax. Jake se apartó para ponerse un preservativo, y unos segundos después y se introdujo en ella.

Glynna lo rodeó con las piernas y meció las caderas acompasadamente. Cuando él aumentó la velocidad de sus movimientos, lo tomó por los hombros y lo miró a los ojos.

—Creo que voy a tener otro orgasmo —declaró, entre jadeos.

—Déjate llevar.

Jake se empujó dentro de ella para prolongarle el placer, esforzándose por contener su propia necesidad de liberación. Sólo cuando la oyó gritar extasiada, se relajó y se dejó arrastrar hacia el éxtasis.

Glynna se acurrucó contra Jake, esperando a que su corazón y su respiración volvieran a la normalidad. Se preguntaba qué tenía aquel hombre para hacerla gozar tanto. No sabía si la intensidad de las sensaciones se debía a los juegos eróticos o al extraño acuerdo que habían hecho para limitar la aventura a un fin de semana, o si estaba pasando algo más.

Prefería no pensar mucho en ello. Al día siguiente, Jake y ella dejarían la isla para regresar a su vida cotidiana, donde no eran más que dos compañeros de trabajo.

Él la apartó y se levantó de la cama.

—¿Adónde vas? —preguntó Glynna.

Jake se acomodó detrás de la cámara y giró el objetivo.

—Quiero fotografiarte.

Ella se sentó y se cubrió con la sábana.

—No.

Glynna aún recordaba el aspecto que tenía Jake a través de la lente. Bello, pero distante.

Él apoyó una mano en la cámara y la estudió detenidamente.

—Me he pasado el día fotografiando a personas que sólo me importaban por motivos profesionales —afirmó—. Incluso las mujeres de mi exposición son como objetos para mí. Tú eres diferente, y quiero ver si puedo captarlo con la cámara.

A ella se le llenaron los ojos de lágrimas.

Jake acababa de decirle que significaba algo especial para él. Algo que ninguno de los dos se atrevía a definir. Apartó la vista y dijo:

—No sé si puedo hacerlo. No sé si soy capaz de exponerme de esa manera.

—Te prometo que me encargaré de que no se te vea la cara. Nadie sabrá qué eres tú. Sólo tú.

Glynna pensó que él también lo sabría y se preguntó si, al mirar la foto, recordaría los días y noches que habían compartido.

—De acuerdo —accedió, finalmente—. Dime qué tengo que hacer.

Él se acercó a la cama y apartó las sábanas.

—Apoya la cabeza en la almohada.

Acto seguido, Jake le colocó las piernas, una flexionada, y la otra estirada y levemente abierta. Le quitó la pantalla a la lámpara de la mesita de noche y la orientó hacia ella. Glynna levantó una mano para protegerse de la luz.

—No, así —le indicó Jake, tomándola de las muñecas y poniéndole los brazos por encima de la cabeza—. Ahora vuelve la cara hacia el codo —se alejó unos pasos—. Eso es. Te has quedado dormida después de hacer el amor. Cuando te despiertas, tu amante no está. Te desperezas, tratando de espabilarte antes de ir a buscarlo.

Cuando Jake regresó a la cámara y se agachó para mirar a través de la lente, Glynna se preguntó qué estaría viendo exactamente. La preocupaba que la luz que la enfocaba revelara sus defectos. No quería que notara la celulitis de sus muslos, y le angustiaba la posibilidad de descubrir que tenía los senos caídos o pareciera más gorda en foto que en persona. No era modelo; sólo era una mujer normal con una figura que distaba de ser perfecta. De pronto, sintió que aquello era una locura y trató de sentarse.

—Jake, yo…

—No. Quédate acostada. Estás preciosa.

Concentrado en su trabajo, Jake disparó la cámara una y otra vez.

—Jake, por favor. Me siento muy rara.

—¿Por qué? Ya te había visto desnuda.

—Pero nunca me habías mirado así. Desde la otra punta de la habitación. Me siento expuesta.

—Y a mí me gusta lo que veo. Tengo pruebas. —dijo él, mostrándole la erección—. Hay quien dice que hacer de modelo puede ser muy erótico. ¿Qué opinas?

—Opino que me siento muy sola en esta cama.

—¿En casa también te sientes así?

Glynna frunció el ceño. No entendía qué pretendía Jake con su pregunta.

—Todo el mundo se siente solo en algún momento. ¿Tú no?

—Desde luego que sí —reconoció él, volviendo a mirarla por la lente—. Pero ahora estoy hablando contigo. ¿Qué haces cuando te sientes sola?

—¿A qué te refieres?

—¿Nunca te buscas el placer con tus propias manos?

—A veces. Pero no es lo mismo —afirmó Glynna, tumbándose de lado—. Deja eso y ven aquí.

Jake levantó la cabeza para mirarla sin la cámara por medio.

—No. Creo que esta vez quiero mirarte.

—¿Y sacarme fotos? No.

Él puso la tapa del objetivo y se alejó.

—Sin fotos. Te lo prometo.

Ella negó con la cabeza.

—No.

Jake sonrió.

—¿Qué puedo decir? Todos los fotógrafos tenemos un mirón en el fondo. Me parece que mirar puede ser divertido.

—Si quisiera satisfacerme sola, no te habría pedido que hicieras el amor conmigo.

Glynna se dio la vuelta porque no quería que viera lo enfadada que estaba. En otras circunstancias, masturbarse delante de él podría ser divertido. Pero en aquel momento les quedaban muy pocas horas para estar juntos, y quería pasarlas pegada a él.

Estaba tan ofuscada que no lo oyó acercarse y se sobresaltó cuando sintió la mano sobre el hombro.

—No quería molestarte —se disculpó Jake.

Ella se acostó boca arriba.

—Sólo estoy molesta porque no nos queda mucho tiempo.

Jake asintió.

—Mañana volveremos al mundo real, y ahí no nos llevamos muy bien.

—Al menos por mi parte, eso ha cambiado —dijo ella, tomándolo de la mano—. A partir de ahora te veré como a un amigo. Pero no veo cómo podríamos mantener esto cuando volvamos a nuestra vida cotidiana.

—Coincido contigo en que somos incompatibles —afirmó Jake, besándole la comisura de los labios mientras le acariciaba los senos—. Pero estamos pasando un fin de semana maravilloso.

—¿Sin arrepentimientos?

—Sin arrepentimientos.

Las palabras culminaron con un beso. Glynna cerró los ojos y se entregó al placer de las caricias. Ya habría tiempo para las lágrimas; de momento, lo único que podía hacer era disfrutar y rogar para que cuando, al día siguiente, llegara al muelle de Galveston, el recuerdo de lo que habían hecho aquel fin de semana la ayudara a cambiar. Esperaba que la reserva de valor que había descubierto en aquellas horas de deseo y atrevimiento se introdujera en su mundo para ayudarla a luchar por sus sueños.

Capítulo ocho

—¡**G**LYNNA McCormick, ven a mi despacho ahora mismo!

Glynna hizo una mueca de dolor al oír la voz de su padre en el intercomunicador. Stacy le había advertido que su padre recibiría aquel día un ejemplar del siguiente número de la revista. Sabía que no estaría feliz, pero tenía que encontrar la forma de convencerlo para que autorizara que lo enviaran a imprenta. Si no lo conseguía, tendría que buscarse otro trabajo.

Se detuvo antes de entrar en el despacho de su padre para colocarse la chaqueta y el peinarse un poco. Después, respiró profundamente y empujó la puerta abierta.

Stacy estaba allí, sentada frente al escritorio. Su padre estaba al otro lado, con el ceño fruncido y las páginas de la revista desparramadas por la mesa. Al verla entrar, puso mala cara y gruñó:

—¿Dónde está el fotógrafo?

—No lo sé.

Glynna apenas había visto a Jake en las tres semanas que habían transcurrido desde que habían vuelto de La Paloma, pero no dejaba de pensar en él. Avanzó por el despacho y se sentó al lado de Stacy, que la miraba con preocupación. Carraspeó y trató de armarse de valor para plantar cara a su padre.

—Creo que el artículo de portada de este número es excepcionalmente bueno —afirmó.

Gordon levantó la página de presentación del reportaje sobre La Paloma.

—¿Cuál es tu fantasía? —leyó con indignación—. ¿De verdad crees que los lectores del Texas Style esperan una frivolidad semejante?

—No, y es exactamente lo que pretendemos: sorprenderlos —intervino Stacy—. Querías que modernizara la revista, ¿no es cierto? Esto es lo que quieren los lectores jóvenes y modernos. Y ésa es la clase de lectores que interesa a los anunciantes.

—¿Lectores que quieren basura como ésta?

Glynna hizo una mueca de dolor. Se suponía que aquellos comentarios ya no debían herirla, pero lo hacían.

—¿Has leído el artículo o has basado tu opinión en las fotos? —dijo Jake, desde la puerta.

Glynna contuvo la respiración y se volvió a mirarlo. Él no la miró, pero fue hasta el escritorio y levantó la foto de portada.

—Te equivocas con las fotos —continuó

Jake—. Yo diría que es uno de mis mejores trabajos. En cuanto al artículo, si lo has leído, no puedes negar que Glynna ha hecho un trabajo excelente. ¿O es que no puedes reconocer el talento de tu hija?

Jake se volvió a mirarla un momento, con los ojos encendidos.

—Siéntate, Jake —dijo Stacy.

—Prefiero quedarme de pie —contestó él, mirando fijamente a Gordon—. Es un reportaje de calidad. Buen periodismo con un toque popular y sin chabacanerías. Creo que los lectores son lo bastante inteligentes cómo para apreciar la diferencia.

—¿En serio? ¿Y qué sabes tú de mis lectores? —replicó Gordon, antes de desviar la mirada hacia Glynna—. Y tú ¿qué tienes que decir?

Consciente de que Jake la estaba mirando, Glynna enderezó la espalda y levantó la barbilla.

—Estoy orgullosa del reportaje —afirmó—. No es como los reportajes de investigación que hice hace tiempo, pero es un trabajo concienzudo.

Glynna se obligó a mirar a su padre a los ojos y tuvo la impresión de que el gesto reprobatorio se había desdibujado.

—Mmmmm... —gruñó Gordon—. Te he enseñado que nunca debías hacer nada a medias —volvió a mirar el artículo—. El problema es que, si publicamos esto, perderemos un montón de suscriptores.

—Puede ser —reconoció Stacy—. Pero ésta es la clase de reportaje que hará que los lectores hablen de la revista. La gente la comprará para ver el porqué del revuelo. Y cuando la gente lo lea, tendremos nuevos suscriptores.

Gordon se dio la vuelta. Glynna le contempló los anchos hombros y el cabello ralo; siempre le había recordado a un toro empecinado y robusto. Jamás había dejado que lo abrazara, ni siquiera de niña, y siempre se cuidaba de mantener la distancia entre ellos. Glynna se preguntaba por qué no podía encontrar una forma de acercarse.

De pronto sintió que la miraban; volvió la cabeza y descubrió que Jake tenía los ojos clavados en ella. Estaba muy serio, pero le hizo un ligero gesto con la cabeza para alentarla a seguir defendiendo su trabajo. A ella se le aceleró el corazón. Lo echaba de menos. Su piso parecía mucho más vacío desde que había vuelto de La Paloma, y se pasaba las noches inquieta, recordando el tiempo que habían compartido.

—Ya no tenemos tiempo para cambiar el artículo —dijo Gordon, dándose la vuelta—. Lo enviaremos a imprenta como está, pero de ahora en adelante, yo aprobaré las noticias de portada.

Glynna miró a Stacy. La editora se puso pálida y, después, roja como un tomate.

—Me contrataste como editora. Tienes que dejarme hacer mi trabajo.

—Haz tu trabajo, pero ésta es mi revista. Mi nombre ha estado en ella desde hace treinta años, y el apellido de mi esposa, desde mucho antes. Hasta que me demuestres que esto es realmente lo que quieren los lectores, tendré la última palabra.

—De acuerdo. ¿Y cuál te gustaría que fuera la próxima noticia de portada?

Gordon miró a Jake y a Glynna. Ella se estremeció al ver el brillo calculador de sus ojos.

—Creo que nuestra redactora estrella y nuestro premiado fotógrafo deberían volver a trabajar en equipo, y que deberíamos hacer un reportaje sobre algo que represente la esencia de la ciudad.

Glynna se relajó un poco. Houston tenía un sinfín de posibilidades interesantes para un reportaje sobre la esencia de la ciudad. Desde los artistas locales hasta el centro histórico, pasando por el petróleo y la ganadería.

—Quiero una historia sobre el canal de Houston.

Glynna miró a su padre. El canal de Houston era una hilera de plantas petroquímicas, buques industriales y barcazas.

Jake soltó una sonora carcajada.

—Estás bromeando. ¿Crees que a los lectores les interesa un reportaje sobre el canal? ¿Acaso quieres que se mueran de aburrimiento?

—Si Glynna y tú sois tan buenos como dices —replicó Gordon, sentándose cómodamente en su silla—, deberíais ser capaces que hacer que cualquier tema parezca interesante.

—Esto es ridículo —protestó Stacy—. No podemos poner el canal de Houston en portada. No hay nada sensual ni interesante que contar.

—Pondremos el canal de Houston en la portada —insistió Gordon, con una amplia sonrisa—. Y espero que estos dos me demuestren que tienen un talento acorde con sus elevados salarios y hagan algo interesante.

Glynna se puso de pie.

—Pero, papá...

—Vamos, Glynna. Ya he tenido bastante.

Antes de que ella pudiera decir nada más, Jake la tomó del brazo y la sacó del lugar. No pronunció palabra ni se detuvo hasta llegar al despacho de Glynna. Una vez dentro, la soltó y cerró la puerta.

—¡Mi padre es insoportable! —dijo ella, furiosa—. ¿Qué trata de demostrar? ¿Que quiere que fracase la revista?

—No, quiere que fracasemos nosotros. O, mejor dicho, quiere ponernos en nuestro lugar. Pero le demostraremos que se equivoca.

—Para ti es fácil decirlo, porque puedes hacer que las fotos de los buques y las refinerías de petróleo parezcan artísticas. Pero ¿qué puedo escribir yo para interesar a los lectores?

Glynna se cruzó de brazos, aunque habría preferido que Jake la abrazara. Al verlo entrar en la oficina de su padre había sentido que se desmoronaban todas las barreras que había puesto a lo que sentía por él. Y trabajar con él no la ayudaría a reconstruirlas.

—Encontrarás la forma de hacerlo —aseguró él, apoyándole una mano en el hombro—. Eres una buena periodista. Ya encontrarás el ángulo perfecto para tu reportaje.

—Puede ser, pero no sé si vale la pena intentarlo. Mi padre no me mirará nunca de otra manera. Para él, siempre seré menos de lo que querría.

—Es su problema. No lo conviertas en tuyo —dijo Jake, acercándose a la puerta—. Ahora me tengo que ir. ¿Cuándo podemos reunirnos para trabajar con esto?

Ella tenía mucho trabajo atrasado, pero cualquier excusa era buena para salir de la oficina, sobre todo si le permitía estar con Jake. Se sentía más fuerte cuando estaba con él.

—¿Mañana? Cuanto antes mejor, ¿no crees?

—De acuerdo. Te recogeré aquí a las ocho de la mañana. Y no te preocupes, lo conseguiremos.

Cuando se fue, Glynna se desplomó sobre el escritorio. Jake confiaba en ella. Sólo tenía que encontrar la manera de aprender a confiar en sí misma.

Jake condujo su moto a toda velocidad. Al ver la cara de Glynna en el despacho de su padre había tenido que hacer un esfuerzo para no golpear a Gordon. Se preguntaba si estaba tan ciego como para no ver cuánto la herían sus palabras, o si no le importaba lo que le pasaba a su hija.

Glynna McCormick era maravillosa, sensual y tierna, y tenía más talento en el dedo meñique que la mayoría de los periodistas tenía en todo el cuerpo; pero su padre se había asegurado de que nunca viera sus virtudes. Jake tenía que encontrar una forma de convencerla de lo valiosa que era. Era algo que quería hacer antes de irse a Nueva York. Sentía que, de alguna manera, se lo debía.

Tal vez, ayudar a Glynna le serviría para desechar el recuerdo de la magia que habían compartido en La Paloma. Había revelado las fotos que le había sacado. Verla aparecer en la cubeta de revelado había sido estremecedor. No sólo le había reavivado el deseo, sino que lo había vuelto a confrontar con el hecho de que, en el mundo real, nunca podrían recrear lo que habían compartido en la isla.

Había pasado un largo rato mirando cómo se secaban las fotos, acariciando cada curva con la mirada, igual que lo había hecho con las manos, antes y después de tomar las fotografías. Se había pasado la vida rodeado de mujeres y no entendía por qué había sido tan diferente aquel fin de semana con Glynna. En sólo tres días, ella lo había impresionado mucho más que ninguna otra mujer.

Jake adelantó a un camión y aceleró la marcha, como si tratara de escapar de sus sentimientos. Se dijo que la vida estaba llena de recompensas y sacrificios. Si quería ir a Nueva York para convertirse en un fotógrafo de renombre, no podía tener a Glynna, porque ella necesitaba quedarse allí para perseguir sus propios sueños. No podía hacer mucho para ayudarla, pero podía asegurarse de contribuir a que el reportaje sobre el canal de Houston fuera un éxito. Quería oír a su padre felicitarla por el trabajo al menos una vez antes de irse.

Nick Castillo se detuvo frente a la puerta del despacho de Stacy, se arregló la corbata y se pasó la mano por el pelo. Stacy era una gran editora, pero como la mayoría, no le daba importancia a la parte artística. Si quería convencerla para que atendiera a sus opiniones, tenía que cautivarla.

Nick se asomó por la puerta y, al ver a Stacy desplomada en una silla, con cabeza gacha, se le desdibujó la sonrisa. Tal vez no fuera un buen momento. Empezó a retroceder, pero se enganchó la chaqueta en el picaporte. Ella levantó la cabeza, se enderezó y, con gesto adusto, preguntó:

—¿Qué pasa, Nick?

Él entró en el despacho y miró a su alrededor. Como siempre, todo estaba en perfecto orden. Las paredes estaban decoradas con muy buen gusto, había colecciones completas de la revista en los estantes, y una pequeña vitrina mostraba los distintos galardones que había recibido por su trabajo. En cambio, en el lugar no había ni una sola foto, libro o adorno personal. De repente, Nick se dio cuenta de lo poco que sabía de la vida de la atractiva editora y se preguntó si tendría novio, amante o marido.

—Di lo que tengas que decir —dijo Stacy—. Estoy muy ocupada.

Él se sentó y miró el escritorio vacío.

—Ya veo.

Nick siempre había sospechado de la gente que mantenía su mesa de trabajo tan ordenada; lo preocupaba lo que pudiera esconder detrás de la pulcritud.

Stacy se echó el pelo hacia atrás y le lanzó una mirada furiosa. Tenía el pintalabios corrido, algo poco habitual en alguien tan meticuloso.

—¿Qué pasa? —preguntó él—. Pareces molesta.

Ella desvió la mirada hacia la ventana.

—Gordon McCormick acaba de echarme una buena bronca.

El director de la revista era famoso por su mal carácter. La mayoría de las veces, los empleados se reían de sus rabietas, pero, al parecer, esta vez había algo más. Nick se apoyó los codos en las rodillas y se echó hacia delante.

—¿Por qué?

—¿Por qué va a ser? Está furioso por el reportaje de portada.

—Ahhh —asintió Nick—. El complejo turístico sexual.

—No es un complejo turístico sexual. Es un refugio romántico y sensual.

—Pero desde luego no responde al estilo habitual de la revista.

—Y precisamente por eso me interesa tanto —puntualizó ella—. Le dije que me encargaría de cambiar la imagen acartonada de la revista, porque nos estaba haciendo perder suscriptores y anunciantes. Cuando me contrató, dijo que eso era exactamente lo que quería.

—A veces, la gente sólo piensa que quiere algo hasta que lo consigue.

—Y algunas personas son bastante inteligentes para ver que han conseguido algo mejor que lo que habían imaginado.

—No te enfades conmigo, que estoy de tu lado.

Nick tomó la maqueta de la portada de la revista. La foto de Jake mostraba a una pareja en el mar, disfrutando de un atardecer espectacular; la clase de imagen que haría que cualquiera se detuviese en el quiosco a mirar la revista.

—Cuando la gente vea esto —añadió Nick—, estaremos en boca de toda la ciudad.

Stacy hizo una mueca burlona.

—Y en el próximo número obsequiaremos a Houston con una apasionante historia sobre el canal.

Él soltó una carcajada, pero al ver la expresión de sus ojos comprendió que hablaba en serio.

—¿Es una broma?

—No. Gordon les ha encargado a Glynna y a Jake un reportaje sobre el canal de Houston. ¿Cómo vamos a vender revistas con eso? Sin mencionar que yo soy la editora y se supone que me corresponde elegir los temas. ¿Para qué me contrató?

—¿Y qué vas a hacer?

Stacy se reclinó en el respaldo y suspiró.

—Tal vez debería empezar a buscar otro trabajo.

—O tal vez deberías hacer éste muy bien, para que tenga que suplicarte que no te vayas.

—¿Qué sentido tendría?

A Nick lo inquietaba verla así. Stacy solía mostrarse muy segura de sí misma; tanto que a veces intimidaba. Aunque no era su tipo, había algo emocionante en trabajar con una mujer que tenía tan claro lo que quería.

—Creía que tenías las agallas suficientes como para no rendirte ante la primera dificultad.

Nick estuvo a punto de sonreír al ver la

furia con que lo miraba. Stacy se enderezó en su asiento y cruzó las piernas. Tenía unas piernas increíbles, y era otro de los atractivos de trabajar con ella.

—¿No tienes nada que hacer? —preguntó, seria—. ¿O tu visita tiene algún objetivo?

Por fin había sacado las uñas. Aquélla era la Stacy que conocía. Nick se relajó en su silla, consciente de que la postura la fastidiaría.

—Creo que ya va siendo hora de que hagamos un reportaje íntegramente fotográfico. Algo atrevido y artístico. Imágenes que den que hablar a los lectores.

Ella no parecía muy entusiasmada.

—¿De cuántas páginas hablamos?

—Como mínimo, de ocho. Quiero algo que tenga fuerza. Tal vez incluso un reportaje de portada, relatado sólo con fotografías.

Stacy movió la cabeza en sentido negativo.

—No tengo tanto espacio disponible. Y además, me parece una locura publicar un reportaje de portada sin texto.

—Justamente. ¿No querías estar a la vanguardia de las publicaciones? Esto sería algo innovador.

—La gente no compraría una revista sólo para mirar fotos.

—¿Quién lo dice? ¿No has oído que una

imagen vale más que mil palabras?

—No, si son las palabras correctas.

—La gente reacciona ante lo visual. Las fotos afectan de inmediato. Las palabras requieren más trabajo.

—¿Quieres decir que nuestros lectores son unos vagos?

—Por supuesto que lo son. La gente es vaga. Piénsalo bien. ¿Qué preferirías, ver a un hombre desnudo o que alguien te lo describiera?

—Depende del hombre —contestó Stacy, recorriéndolo con la mirada—. ¿Preferirías ver a una mujer excitada o que ella te contara cómo la haces sentir?

Nick tragó saliva. Las palabras y la mirada de Stacy le habían generado una inesperada reacción.

—¿Y por qué no combinarlo?

Ella lo miró con complicidad, pero siguió sin sonreír.

—Supongo que tienes a un fotógrafo en mente.

—Por supuesto. Jake Dawson.

—A Gordon le va a encantar —dijo Stacy, con sorna—. Más material del fotógrafo que más odia.

—Pero es el favorito de los lectores.

—¿Has pensado en algún tema en concreto?

—Confío en el criterio de Jake. Y en el tuyo.

Ella tamborileó los dedos en el escritorio. Tenía las uñas largas y cuidadas. Era un detalle que Nick adoraba en las mujeres. La idea de unas uñas rojas deslizándose sobre su piel le parecía muy erótica.

—Tal vez podríamos hacer un reportaje sobre el arte callejero —murmuró la editora—. O los parques de la ciudad...

—Estoy seguro de que se te ocurrirá algo mejor. Usa la imaginación.

Ella lo miró a los ojos.

—Tengo mucha.

—¿En serio?

Stacy se puso de pie y caminó hacia la ventana. Nick cedió a la tentación de mirarle las piernas y el trasero. Aunque no sabía cuáles eran sus preferencias en cuanto a los hombres, estaba convencido de que no había nada malo en disfrutar de la visión.

Ella se volvió de repente, y por la forma en que sonreía, Nick comprendió que sabía exactamente dónde la había mirado.

—Si hago esto por ti, ¿qué harás por mí?

Él dejó que sus ojos volvieran a posarse sobre aquellas piernas largas y deliciosas.

—¿Qué se te ha ocurrido?

Stacy se lamió los labios. El gesto era tan descaradamente sensual que Nick sintió que su libido estaba al límite.

—Tengo que pensarlo mejor. Cuando lo sepa te lo diré.

Él se puso de pie y se abotonó la chaqueta para ocultar la erección, aunque estaba seguro de que ella la había notado.

—Adelante —dijo—. Espero impaciente.

Nick se marchó antes de que ella pudiera añadir algo. Estaba acostumbrado a seducir, no a que lo sedujeran. Stacy Southern era la primera mujer que conocía en mucho tiempo capaz de jugar a ese juego mejor que él.

A la mañana siguiente, mientras esperaba a Jake, Glynna no podía dejar de dar vueltas por su despacho. Estaba tan preocupada por el trabajo que les habían encargado que casi no había dormido. No sabía cómo haría para convertir un tema tan soporífero en algo entretenido.

Además, estaba furiosa con su padre por imponerle aquel examen y por la forma en que la había pasado por alto durante tantos años. Se había pasado la mitad de la noche redactando discursos mentales sobre lo que debería decirle. Pero por la mañana, cuando al pasar por delante de su despacho la había saludado con la misma seriedad de siempre, como si fuera una de sus tantas empleadas y no su única hija, comprendió que unas pocas palabras sentidas no bastarían para cambiar su forma de ser.

El otro problema que la inquietaba era Jake. Tendría que pasar muchas horas a solas con él, trabajando en el reportaje, y no sabía si podría mantener el acuerdo de comportarse como si sólo fueran amigos. Lo que sentía por él era mucho más complejo. Se preguntaba cómo harían para evitar la incomodidad de estar juntos, cuando ella se seguía sintiendo atraída por él y tenía grabado en la piel el recuerdo de todo lo que habían compartido en la isla.

En aquel momento, Jake apareció en la puerta. Llevaba unos vaqueros, una camisa arremangada hasta los codos y un chaleco de fotógrafo, y tenía el pelo revuelto y estaba ligeramente sonrojado por el viaje en moto.

—¿Estás lista?

—Sí.

Glynna tomó su bolso, se lo colgó al hombro y lo siguió por el pasillo. Para ir al canal, se había puesto unos vaqueros, unas botas de tacón bajo y una camiseta, y se había recogido el pelo en una coleta.

Mientras esperaban el ascensor, sentía que Jake no le quitaba los ojos de encima. Se cruzó de brazos instintivamente y se preguntó si cuando la miraba recordaba el aspecto que tenía sin ropa. Quería preguntarle por las fotos que le había sacado, pero tenía la impresión de que no era un buen momento para mencionarlo.

—¿Qué ángulo quieres dar a la historia? —preguntó él, después de unos minutos.

—Aún no lo sé. Espero que la inspiración me ilumine en algún momento.

—Se me ha ocurrido una cosa que podría servirte.

Ella lo miró sorprendida.

—¿Qué?

—Tu padre quiere el canal, y Stacy quiere algo moderno y sensual. ¿Por qué no darles gusto a los dos?

—¿Y cómo lo haremos?

Jake sonrió.

—Les mostraremos el lado sensual del canal de Houston.

Glynna soltó una carcajada.

—Dudo que lo tenga.

—Yo creo que sí. Y te lo voy a demostrar.

En el ascensor se mantuvieron separados, como si fueran dos desconocidos que trabajaban en el mismo edificio. Toda la charla de Jake sobre reportajes sensuales le había hecho recordar el fin de semana en La Paloma. Glynna bajó la cabeza, pero a través del espejo vio que la estaba mirando y suspiró.

—Esto no va a funcionar nunca —dijo.

—¿A qué te refieres?

Las puertas del ascensor se abrieron en el aparcamiento, y Glynna se apresuró a salir. Jake la siguió y la tomó del brazo.

—¿Qué es lo que no va a funcionar? —insistió.

—Nosotros. Juntos —contestó ella, sin levantar la vista del suelo—. Pensé que podría comportarme como si no hubiera pasado nada, pero mi cuerpo no está de acuerdo. Aún recuerda cómo me hiciste sentir.

La última frase fue casi un susurro. Glynna estaba avergonzada. Probablemente, Jake la veía como una mujer sola y obsesionada con el sexo. Tal vez había algo de verdad en aquella imagen, pero no podía cambiar lo que sentía.

—Sí… —murmuró él.

Glynna lo miró a los ojos y se estremeció al reconocer un dolor parecido al que sentía ella. Jake se apresuró a ocultar la emoción y se concentró en los coches que los rodeaban.

—Las hormonas son terribles, ¿verdad? —añadió, metiéndose las manos en los bolsillos—. Lo pasamos muy bien en La Paloma, pero los dos sabemos que no podríamos estar juntos. Me iré a Nueva York en cuanto pueda, y tú tienes una vida completamente distinta en Houston.

Glynna le tocó el brazo y lo sintió contraer los músculos y contener la respiración. Se le aceleró el corazón al comprobar que la seguía deseando. Si Jake tenía planeado irse a Nueva York, no veía por qué no podían disfrutar del tiempo que les quedaba.

Él se encogió de hombros para librarse del contacto y empezó a caminar por el aparcamiento.

—Será mejor que nos vayamos.

Ella lo siguió. Tenía que buscar la forma de convencerlo de que una relación temporal sería buena para los dos, aunque en el fondo sabía que, al proponerle algo así, estaba jugando con fuego.

Jake se detuvo junto a una motocicleta negra y enorme, y soltó dos cascos.

—Póntelo —le ordenó, dándole el blanco.

Ella lo miró desconcertada.

—Yo creía que iríamos en mi coche.

—Con la moto evitaremos los atascos y podremos aparcar en cualquier parte —dijo él, poniéndose el casco—. Vamos. Será divertido.

Ella dio un paso atrás. Ir a toda velocidad por la autopista no era precisamente lo que entendía por divertido.

—Prefiero ir en mi coche y que nos encontremos donde sea que vayamos.

Jake la tomó de la mano y la atrajo hacia sí.

—Vamos. ¿Dónde está la mujer dispuesta a correr riesgos que vi en La Paloma?

Mientras se ajustaba el casco y se montaba en la moto, Glynna pensó que, sin duda, Jake sabía cómo persuadirla. Apoyó las botas en los reposapiés y buscó un lugar para las manos.

—Abrázate a mí —le dijo él.

Ella abrió la boca para protestar, pero Jake encendió el motor y aceleró. Glynna soltó un grito ahogado, lo rodeó con los brazos y le apoyó la cara en la espalda. El olor a cuero y gasolina resultaba extrañamente reconfortante. Jake parecía algo sólido y real en un mundo que estaba vedado para ella. Glynna esperaba poder seguir aferrada a él hasta que descubriera qué sentido quería dar a su vida.

Capítulo nueve

JAKE estaba disfrutando de sentir a Glynna detrás de él. Al principio lo había abrazado con fuerza, como si le fuera la vida en ello. Poco a poco se había ido relajando, pero seguía recostada sobre él, rozándole la espalda con los senos y apretándole las piernas con la cara interna de los muslos.

Lo había sorprendido al reconocer que lo deseaba. En las semanas que habían pasado separados, Jake se había convencido de que aquel fin de semana salvaje no había significado nada para ella. Era la única justificación posible para la frialdad con que lo trataba en la oficina. Mientras que ella jamás lo miraba, él no podía quitarle los ojos de encima. Era exasperante que una mujer pudiera mantenerse alejada de él de aquella manera, pero se había resignado.

Sin embargo, en el ascensor había podido ver la pasión con que lo miraba. No le habría costado mucho atraerla hacia sus brazos y satisfacer el deseo postergado durante semanas. Pero no lo había hecho.

Si pensar en ella durante veinte días había sido suficiente para distraerlo del trabajo, involucrarse de nuevo con ella le demandaría un tiempo y una energía que no tenía. Lo mejor que podía hacer era dedicar todos sus esfuerzos a preparar un book con sus trabajos para impresionar a los agentes y las galerías de Nueva York. En cuanto se fuera de Houston, no tardaría en dejar de pensar en Glynna.

O, al menos, era lo que esperaba.

Redujo la velocidad para doblar en Clinton Drive. Cuando cruzaron las puertas de uno de los muelles, Glynna se apretó contra él para hablarle al oído.

—¿Adónde vamos?

—A dar una vuelta por el canal.

Unos metros más adelante, Jake aparcó la moto y la ayudó a bajar.

—No sé si estoy en condiciones de caminar —dijo ella, tomándolo del brazo—. No había estado tan aterrada en mucho tiempo.

—Lo has hecho muy bien, y hemos llegado enteros, ¿no es cierto?

Jake también había padecido durante el viaje, porque después de haberla tenido pegada tanto tiempo iba a necesitar una ducha fría.

Glynna se arregló el peinado y se volvió a mirar la lancha amarrada en el puerto, que según rezaba en la proa se llamaba Sam Houston. Al final de la pasarela había un cartel que anunciaba viajes gratuitos. Se volvió a mirar a Jake y, con recelo, preguntó:

—¿Éste es el lado sensual del canal?

—Una parte —contestó Jake, empujándola hacia el final del muelle—. Ya lo verás.

Ella se resistió.

—¿Olvidas que me mareo en los barcos? Te aseguro que no hay nada sensual en el malestar.

—No lo he olvidado —afirmó él, sacándose un frasco de pastillas del bolsillo—. Toma. Esto te ayudará.

Glynna parecía indecisa, pero sacó una botella de agua del bolso y se tomó dos pastillas. Después se unieron al grupo que esperaba para subir a bordo: dos parejas mayores, una madre con cuatro niños y un anciano. Unos minutos más tarde, un hombre vestido con un uniforme blanco los invitó a subir a la embarcación.

Jake la guió por unas escaleras estrechas hasta la cubierta superior de la lancha.

—Quiero ver todo —dijo.

El ruido de los motores y la mezcla de olor a petróleo, pescado y sal era lo menos erótico del mundo. Jake comprobó su equipo y rogó para que su plan funcionara. Si no, tendría que pasar al plan B, y no tenía idea de cuál era.

El capitán les dio la bienvenida a la lancha

de vigilancia Sam Houston, por los altavoces, y explicó las medidas de seguridad. Después, la embarcación empezó a salir del muelle lentamente.

Glynna se puso de pie y caminó hacia la barandilla de babor. Jake la siguió. La voz del altavoz los informó de que el de puerto Houston era el principal puerto de comercio marítimo de Estados Unidos, y el octavo del mundo en volumen de exportaciones.

—Ahí tienes algo que mencionar en el artículo. Mira esos yates —dijo Jake, señalando un trío de embarcaciones de lujo—. Algunas de las personas más adineradas del mundo vienen a hacer negocios aquí.

Mientras él sacaba fotos, Glynna comentó con ironía:

—Por supuesto. Y todos sabemos que el dinero es muy sensual.

—No, pero es uno de afrodisíacos más eficaces.

Al pasar por delante de un buque, Jake se echó hacia atrás para poder ver los colores de la bandera que ondeaba en el mástil.

—Liberia —dijo—. Como verás, hay barcos de todas partes. Allí hay uno de Grecia; ahí, otro de España, y detrás, uno de Japón y otro de Rusia. Puedes caminar por los muelles y oír diez idiomas distintos en menos de cinco minutos.

Glynna se recostó contra la barandilla.

—De acuerdo; me has convencido. Tal vez el canal no es sólo agua sucia y gases tóxicos.

Jake apretó la cámara, luchando contra la necesidad de abrazarla y besarla hasta dejarla sin aliento. Se dio la vuelta y enfocó un buque de carga.

—Ésa es la belleza de este reportaje. La posibilidad de darle a la gente una mirada distinta sobre un lugar conocido.

—Tienes razón. Es una buena idea.

Pasaron por delante de una refinería y el guía anunció por el altavoz que en la zona del puerto se procesaban ciento setenta y cinco mil barriles de petróleo al día.

Jake tomó varias fotos.

—Este lugar es impresionante.

—Una especie de jungla urbana —reflexionó ella—. Exótica a su manera, aunque no sepamos apreciarla.

—Exacto.

Jake bajó la cámara y descubrió que Glynna estaba caminando por cubierta.

—¿Adónde vas? —preguntó.

—Abajo. Quiero ver cómo es el resto de la lancha.

Glynna no estaba interesada en ver la decoración de la cabina, pero necesitaba alejarse de Jake un rato. La exasperaba que insistiera en hablar sólo de asuntos de trabajo. La sorprendía descubrir que el supuesto chico rebelde anteponía los principios y el sentido común al placer.

Mientras seguían avanzando por el canal, Glynna miró por el ojo de buey e intercambió saludos con una de las parejas y con la madre y los niños. Se las ingenió para llegar a la cabina de mando y entrevistó al capitán, que la entretuvo con las anécdotas de sus veinte años pilotando barcos en la zona. Cuando llevaban cuarenta y cinco minutos de viaje, un miembro de la tripulación les ofreció un refresco y anunció que era hora de iniciar el regreso.

Cuando Jake la encontró, estaban amarrando la lancha al muelle.

—¿Lista para nuestra próxima excursión?

—Sí.

Esta vez, Glynna no vaciló en subirse a la moto. Su miedo inicial al vehículo había sido reemplazado por un relativo interés. Seguía pensando que las motos eran peligrosas, pero reconocía la estimulante sensación de libertad.

Esperaba que Jake señalara el potencial erótico de los depósitos de grano y las plantas petroquímicas, pero se encontró bajando de la moto frente a una hilera de construcciones sin ventanas, pintadas de colores estridentes.

Las marquesinas de los edificios prometían bailarinas desnudas, comida y copas.

Se puso pálida y se volvió para mirar a Jake.

—Esto es un local de striptease.

—El término políticamente correcto es «club de caballeros» —puntualizó él, tomándola de la mano—. Vamos a echar un vistazo.

Ella se quedó atrás.

—No puedo entrar ahí.

—Claro que puedes. Hay muchas mujeres que van a lugares como éste. Por lo general va el novio o el marido, pero en más de una ocasión he visto a mujeres solas.

Glynna entrecerró los ojos.

—¿Por qué no me sorprende descubrir que conoces estos antros?

—Vamos, no es lo que piensas.

—¿Quieres decir que no voy a ver a un grupo de bailarinas siliconadas quitándose la ropa para una multitud de hombres excitados?

—Hasta donde sé, mirar no es un delito. Y afrontémoslo: a los hombres nos gusta mirar.

Glynna se estremeció al recordar la escena de las fotos en la cabaña, cuando Jake le había pedido que se masturbara para él, porque le gustaba mirar.

—De acuerdo, voy a entrar. Pero si no me gusta, me marcho.

—Está bien. Sólo mira a tu alrededor y capta situaciones para tu artículo. Considéralo un sacrificio por el bien del periodismo.

Jake le pagó las entradas al portero, un anciano que parecía agotado, y arrastró a Glynna al interior del local. Ella lo tomó del brazo, aterrada.

—Tranquila —le dijo, abrazándola por la cintura.

Jake se dijo que sólo quería reconfortarla, pero el sentirla pegada a él en la moto lo había dejado en un nivel de excitación casi doloroso. Se moría por llevarla a un rincón para poner fin a su acuerdo de comportarse como amigos. Pero sabía que no debía a hacerlo y se obligó a contenerla inocentemente.

Pasado el pequeño vestíbulo, el local estaba muy oscuro y necesitó un momento para acostumbrar la vista. No había mucho que ver. En la barra cercana a la pasarela había un grupo de hombres bebiendo cerveza, bajo una nube de humo gris. En el escenario había una rubia con un lejano parecido a Britney Spears, girando alrededor de un poste con notable agilidad, mientras de fondo sonaba una canción de Aerosmith.

Glynna miró a la mujer y apartó la vista rápidamente. Aunque no podía verla bien, Jake estaba seguro de que se había sonrojado. Sonriendo,le apretó la mano y la guió hasta una mesa cercana al escenario.

—¿Tenemos que sentarnos tan cerca? —preguntó ella.

—Sí.

Jake le ofreció una silla y se sentó junto a ella, tan cerca que sus rodillas se rozaban. Una camarera en biquini corrió a preguntarles qué iban a tomar. Glynna pidió un refresco sin azúcar, y Jake, un zumo de naranja.

—¿Quieres que le pongamos un poco de ginebra? —preguntó la joven.

—No, gracias. Sólo zumo.

Glynna se inclinó para hablarle al oído.

—Va a ser muy divertido verte justificar esta factura en tu liquidación de gastos.

—Diré que estaba contigo.

—No te atreverías a decirle a nadie que hemos venido aquí, ¿verdad?

—¿Por qué no? Es parte de la investigación. Si vas a escribir sobre el lado sensual del canal de Houston, tienes que mencionar los locales de striptease. Tienen mucho éxito entre los marineros y estibadores, por no mencionar a los empleados locales.

—A mi padre le daría un infarto si supiera que estoy aquí.

—No estaría de más que supiera que tienes una vida al margen del trabajo. Incluida una vida sexual.

Ella cerró la boca y apartó la vista. Jake se descubrió preguntándose si el próximo amante de Glynna sería capaz de ver a la mujer ardiente que se ocultaba detrás de la fría fachada exterior. Lo preocupaba que eligiera al hombre equivocado y que alguien pudiera aprovecharse de su inocencia.

Con el ceño fruncido, miró a la mujer del escenario. La rubia se había quitado el sostén, y sus senos con silicona se balanceaban al compás de sus movimientos de cadera. Sonreía, pero tenía los ojos llenos de pena. Jake siempre se había considerado capaz de apreciar las formas femeninas en todas sus variedades. Pero la mujer del escenario no le provocaba nada. Tenía el recuerdo de las curvas de Glynna demasiado fresco como para pensar en otros cuerpos.

Se volvió a mirar a Glynna y la descubrió contemplando a la rubia, con una mezcla de asco y fascinación.

—¿Qué piensas? —preguntó.

Ella lo miró de reojo.

—No sé cómo puede hacer eso.

—No es exactamente una coreografía de Hollywood —replicó él, mirando a la mujer—. Aunque debo reconocer que es bastante buena. La mayoría no baila tan bien.

—Tengo la sensación de que los clientes no vienen por el baile.

La camarera les llevó las bebidas. Eran diez dólares, otra factura que tendrían que incluir en la liquidación de gastos. Jake estaba bromeando al afirmar que diría que había ido con ella. Aun así, la idea lo tentaba mucho. Era hora de que Gordon McCormick tratara a su hija como una mujer de carne y hueso y no como una autómata programada para hacer lo que a él se le antojara.

—¿Y cuál es la gran atracción de estos lugares? —preguntó ella, mirando su refresco con recelo.

—¿No es obvio? A los hombres les gusta ver mujeres desnudas.

La rubia estaba de rodillas delante de un grupo de hombres notablemente jóvenes, que le metían billetes en el tanga para que se siguiera moviendo.

Glynna frunció el ceño.

—Has dicho que no podían hacer nada con ellas. ¿Qué hacen? ¿Vienen a mirar y se van a su casa a masturbarse?

—A veces, sí. O van a casa de su novia o con su mujer, listos para una noche de pasión. O salen a buscar a una prostituta. En estos muelles se puede comprar lo que se quiera, lo que incluye sexo, drogas y rock and roll.

—¿Cómo sabes tanto?

—Cuando iba al instituto me pasaba el verano trabajando de estibador —contestó Jake, afectado por el recuerdo—. Con el primer sueldo me compré mi primera cámara profesional, y cuando salía de trabajar daba vueltas por los muelles, sacando fotos. Una de esas imágenes me hizo ganar una beca para la universidad de Rice.

Rice era una de las facultades más prestigiosas del país, y tenía un departamento de arte de primera categoría.

—Estoy impresionada.

—Igual que mi abuela.

La rubia había terminado de bailar y estaba recogiendo su ropa.

—¿Cuántos años crees que tiene? —preguntó Glynna.

—No sé. ¿Dieciocho? ¿Diecinueve?

—Demasiado joven para beber el whisky barato que venden aquí, pero con bastante edad para quitarse la ropa delante de un grupo de desconocidos. ¿Por qué lo hacen?

—Vamos a averiguarlo.

Jake llamó a la joven con una seña. La rubia se puso una camiseta transparente y se acercó a ellos, frunciendo el ceño.

—Somos periodistas y estamos haciendo un reportaje sobre la zona del canal —dijo él—. ¿Podemos hablar unos minutos contigo?

La joven se encogió de hombros y se sentó a la mesa.

—Si me siento, tenéis que invitarme a una copa.

Jake llamó a la camarera, y la bailarina, que había dicho que se llamaba Kitty, pidió una botella de champán.

—Una copa —dijo Jake—. No estaremos aquí mucho tiempo.

Cuando la camarera se marchó, Glynna se volvió hacia la joven. Era muy atractiva, aunque con tanto maquillaje era difícil calcular qué edad tenía.

—¿Cuánto tiempo hace que bailas aquí? —preguntó.

—Cerca de un año.

—¿Te gusta?

—Sí, está bien.

—Hace un momento —dijo Jake—, Glynna se preguntaba por qué elegiría una mujer desnudarse frente a una multitud de desconocidos.

Kitty soltó una carcajada.

—¿Por qué no? —dijo, sacando pecho—. Tengo un buen cuerpo. ¿Por qué no mostrarlo? Además, ¿en qué otro sitio podría ganar tanto? Y no tengo que robar ni acostarme con nadie para conseguirlo.

—¿No es peligroso? Éste es un barrio violento.

—No es tan peligroso como parece, pero tomo mis precauciones.

Glynna estaba fascinada.

—¿Y qué se siente al desvestirse así?

Kitty echó un vistazo a su alrededor.

—Aquí, las mujeres tenemos todo el poder. Tengo una hilera de hombres mirándome, esperando que me quite una prenda más. Después, recojo las propinas y me voy. Ellos se quedan frustrados y sin blanca.

La camarera se acercó a preguntarles si querían tomar algo más.

—No, gracias —dijo Glynna—. Tenemos que irnos.

Jake le dio una propina a Kitty.

—Si os quedáis una hora más, las danzas sobre el regazo están a mitad de precio —dijo la joven, volviéndose hacia Glynna—. Algunas mujeres alcanzan el orgasmo mirando.

—No, gracias.

Sin decir una palabra más, Glynna tomó su bolso y salió al aparcamiento. Jake se reunió con ella junto a la moto.

—¿Así que no crees que puedas tener un orgasmo por mirar?

Ella se volvió a mirarlo, con las mejillas coloradas.

—¿Por mirarte con otra mujer? ¿Tendrías un orgasmo si me vieras con otro hombre?

—No —reconoció Jake—, creo que no me gustaría verte con otra persona.

—El sexo y la sordidez no son lo mismo.

—A veces lo sórdido puede resultar sensual.

—Si eres hombre, tal vez —dijo Glynna, mirando la marquesina de neón.

—Tal vez el sexo sólo es sórdido cuando está en venta. Si Kitty se desnuda delante de desconocidos por dinero, es sórdido. Si una mujer lo hace para su novio, es sensual.

Ella lo miró a los ojos, dio un paso adelante y le acarició el pecho.

—Si me desnudara para ti, ¿sería sensual?

Él tragó saliva. Se había pasado semanas soñando con volver a ver Glynna desnuda. La tomó de la muñeca y le apartó la mano.

—Si te desnudaras para mí, sería una mala idea.

—En la isla parecía una buena idea.

—Sí, pero esto no es la isla.

Acto seguido, Jake se puso el casco y se subió a la moto. Ella hizo lo mismo y se apretó contra él. Jake se maldijo por haber sugerido que el reportaje se centrara en la sensualidad, porque no necesitaba más cosas que lo hicieran pensar en el sexo cuando estaba con ella.

Encendió el motor y salió del aparcamiento, de regreso a Clinton Drive. Glynna era una mujer excepcional, capaz de cautivar a un hombre en cuerpo y alma. Jake sabía que un fin de semana con ella no era suficiente, pero empezaba a creer que tampoco le bastaría con un mes o con un año. Ya tendría tiempo para comprometerse así con una mujer, pero de momento tenía otros sueños, y Glynna no podía formar parte de ellos.

Jake se detuvo en un sitio desde donde tenía una vista panorámica de la ensenada. Apagó el motor, se quitó el caso y buscó su cámara.

—Quiero sacar unas tomas desde aquí.

Glynna se quedó en la moto, sacó la libreta y empezó a tomar notas. La visita al local de striptease había sido una experiencia desconcertante. Por un lado, había sentido repulsión al ver a la hilera de hombres jadeando mientras la adolescente giraba delante de ellos. Pero en parte se había sentido atraída por la escena y se preguntaba cómo sería tener una hilera de hombres ansiosos por tocarla.

O, tal vez no una hilera, sino sólo uno.

Se volvió a mirar a Jake y mientras lo miraba trabajar recordó lo placentero que era sentirlo apretado contra el cuerpo. Pensó en acercarse sigilosamente para pellizcarle el trasero, pero si se le caía la cámara, nunca la perdonaría.

Suspiró y miró hacia la autopista. El asfalto estaba caliente, y Glynna recordó la piscina de La Paloma. Sabía que Jake tenía razón cuando decía que ya no estaban en una isla de fantasía donde la única preocupación que tenían era hacerse el amor una y otra vez. Aun así, no entendía cuál era el problema de disfrutar lo que pudieran, mientras pudieran. Los dos tenían trabajo y ambiciones, y Jake tenía planes de irse a Nueva York, pero ella había pasado demasiados años negándose las cosas que deseaba, porque creía que era lo que debía hacer, y estaba harta de tantas privaciones. Para Glynna, debían dejar de luchar contra el deseo que los quemaba.

Volvió a mirarlo y vio que estaba cerrando la cámara. Trató de imaginar cómo reaccionaría si le hacía un striptease privado. Pensó en su última noche juntos, cuando él le había dicho que le gustaba mirar, y sonrió. Tal vez fuera aquélla la clave para romper el hielo.

—¿Por qué sonríes?

Glynna se sobresaltó, porque no sabía que la miraba.

—¿Qué?

Jake se acercó y guardó la cámara en la mochila.

—Hace un momento estabas sonriendo de oreja a oreja.

—Ah, he tenido una inspiración repentina. Imagino que sabrás lo que se siente cuando se acaba de tener una idea brillante.

—Sí. ¿Y qué idea has tenido?

—Aún no te la puedo contar —afirmó Glynna, ampliando la sonrisa—. Pero te prometo que lo descubrirás pronto. Muy pronto.

Capítulo diez

GLYNNA necesitó otras veinticuatro horas para reunir el valor suficiente para llevar a cabo su plan. No sabía cómo reaccionaría Jake, pero la alegraba atreverse a hacer algo que, unas semanas atrás, le habría parecido impensable. Aquel día seduciría al hombre que deseaba. Al día siguiente lucharía por el trabajo de sus sueños. Y tal vez le plantaría cara a su padre.

El miércoles por la mañana llamó a Jake y le pidió que pasara por su despacho para enseñarle las pruebas de las fotos para el artículo.

—Espero que las imágenes que sacaste me den algunas ideas —dijo.

—Está bien. Estoy terminando de revelarlas, pero las tendré listas a mediodía.

—Genial. Estoy deseando verlas.

Glynna se pasó el resto de la mañana preparando el escenario de la seducción. Dispuso una iluminación especial y se aseguró de que la cerradura funcionaba. Después, esperó, sentada sobre las manos para no morderse las uñas. Seguía sin poder creerse lo que estaba a punto de hacer.

Jake llegó poco después de la una, pasó por delante de ella y dejó la mochila en el sofá que estaba frente al escritorio.

—No puedo hablar mucho —dijo—. Tengo cinco carretes de negativos que revelar para entregar mañana.

Glynna se preguntaba si estaría tan ansioso por irse cuando descubriera lo que tenía en mente.

—No te haré perder el tiempo. Siéntate y ponte cómodo.

Mientras él se sentaba en el sofá y sacaba varios sobres de la mochila, ella echó el cerrojo. Jake levantó la vista de las hojas de pruebas.

—¿Por qué has hecho eso?

—Porque no quiero que nos vea nadie.

Él arqueó una ceja y dejó las pruebas a un lado.

—¿Qué tiene que ver nadie?

—En realidad, nada.

Glynna se sentó en el borde de su escritorio, con las piernas separadas. En el movimiento se le subió la minifalda, dejando al descubierto el borde de las medias y las cintas del liguero.

A Jake se le encendió la mirada al verle la entrepierna, que estaba casi al nivel de sus ojos.

—No es una forma muy elegante de sentarse.

—Lo sé. Estoy segura de que la mayor parte de la gente que me conoce se sorprendería —afirmó, separando las piernas más aún.

Él tragó saliva.

—¿Siempre sales sin ropa interior?

—Sólo desde que te conozco. Has hecho cosas terribles para corromperme.

Jake la miró a los ojos.

—Si no me equivoco, habíamos acordado que no debíamos seguir.

—Para que haya un acuerdo, los dos tienen que pensar lo mismo —dijo Glynna, estirando una pierna y apoyándole un tacón en el hombro—. Ahora mismo, no tienes que hacer nada salvo acomodarte en el sofá y mirar. Una vez me dijiste que te gustaba mirar, ¿recuerdas?

A Jake le brillaban los ojos de deseo. Se recostó contra los cojines y la miró una vez más.

—Sí, desde luego, me gusta mirar.

Glynna se echó hacia atrás y apretó el botón del equipo de música. Esperaba que la balada de jazz que había elegido ahogara cualquier ruido que pudiera hacer. La puerta cerrada generaría rumores entre sus compañeros, pero, con suerte, nadie había visto entrar a Jake. Así lo había planeado. Quería darle algo en qué pensar, pero no pretendía meterlo en un problema.

Se levantó la falda hasta la cintura lentamente. Jake contuvo la respiración al ver la desnudez enmarcada por las cintas del liguero. Ella sonrió, excitada.

Lo miró a los ojos y empezó a desabotonarse la blusa. Jake se acomodó en el sofá, con las piernas estiradas y los ojos atentos a sus movimientos. Cuando ella se abrió la blusa, dejó escapar un suspiro.

Glynna se tomó los senos con las dos manos. Tenía la piel caliente y los pezones rígidos contra el sostén.

—¿Quieres verlo? —preguntó.

Él asintió encantado.

Glynna abrió el cierre delantero del sujetador y apartó la tela. Se pellizcó los pezones y se estremeció de placer.

—¿Te excita verme?

Jake se humedeció los labios.

—¿Tú qué crees?

Ella bajó la vista hacia los pantalones de Jake.

—Enséñamelo.

—¿Qué? —exclamó Jake, sorprendido.

—Enséñame lo excitado que estás. Desabróchate los pantalones.

Él no vaciló en hacer lo que le pedía.

—¿Qué vas a hacer con esto?

—Necesitaba verlo para inspirarme.

Glynna se preguntó si sería capaz de hacer lo que había planeado. Mientras estaba sola, no había tenido problemas para imaginar la situación, pero en su despacho, en pleno mediodía y con Jake mirándola, parecía una capricho imposible.

—Estoy esperando —dijo él.

Ella se lamió los labios.

—¿Qué estás esperando?

—Ver adónde te lleva la inspiración. Si te atreves.

Glynna estiró una mano y empezó a tocarse. A tientas, acercó el pulgar y comenzó a jugar con su clítoris. Era tal el placer que sentía que se le había nublado la vista.

Jake se echo hacia delante, con los ojos enfocados en lo que hacía su compañera.

—¿Alguna vez piensas en nosotros haciendo el amor en la isla? —preguntó ella, lamiéndose el índice antes de llevárselo al clítoris—. Yo sí. Me paso las noches despierta y pienso en cómo me arrastrabas hacia el orgasmo.

Los jadeos le impedían seguir hablando. Parpadeó, tratando de concentrarse en Jake y luchando contra la necesidad de cerrar los ojos para dedicarse enteramente a su propio placer.

Él se reclinó en el sofá y se aferró a los cojines. Tenía los muslos tensos y una erección cada vez más pronunciada.

—¿Piensas en nosotros? —insistió Glynna.

—Todo el tiempo. Ni siquiera consigo concentrarme para trabajar.

—Puedes ver lo mucho que me distraes. ¿Me imaginas haciendo algo así antes de conocerte?

—Ahora mismo, te imagino de mil maneras. Y en la mayoría estás desnuda.

Glynna levantó una mano y volvió a acariciarse los senos.

—¿Esto se acerca a tus fantasías?

Jake se puso de pie y caminó hacia ella.

—Mucho.

—No, espera —dijo ella, apoyándole un pie en el pecho para detenerlo—. Se suponía que sólo tenías que mirar.

Él la tomó del tobillo, se agachó y le besó la punta del pie. El contacto la hizo jadear y dejar de mover la mano.

—No pares —murmuró él—. Aún estoy mirando.

Glynna cerró los ojos y trató de volver a concentrarse en su propio placer, pero estaba demasiado distraída por la cercanía. Jake le tomó la mano y se la llevó a la boca para lamerle los dedos.

—A veces me despierto recordando tu sabor —dijo, llevándole otra vez la mano al clítoris —. Sigue. Quiero ver cómo alcanzas el clímax.

Ella cerró los ojos, echó la cabeza hacia

atrás y aceleró los movimientos de su mano. Jake le acariciaba las muslos, murmurándole cosas al oído. El sonido de su voz, enronquecida por el deseo, la condujo al límite de su resistencia. Glynna se arqueó sobre el escritorio y apretó los dientes para no gritar mientras temblaba frenéticamente.

Antes de que pudiera abrir los ojos, oyó un sonido de plástico rasgado. Jake la tomó de la cadera y la deslizó hasta el borde de la mesa. Después, se introdujo en ella con tanta fuerza que la dejó sin aliento. Le bastó un empujón para arrancarle un segundo orgasmo.

Glynna se aferró al borde del escritorio para no caerse al suelo. Jake agachó la cabeza y le lamió los pezones.

—¿Está tan bien como recordabas? —susurró él—. ¿O mejor?

—Mejor.

Glynna se rindió una vez más al maravilloso y aterrador momento, sintiendo que se fundían en cuerpo y alma. Jake soltó un grito ahogado y se apretó contra ella una y otra vez. Ella lo abrazó con brazos y piernas, y disfrutó de sentir cómo se relajaba. Independientemente de lo que pasara después, en aquel momento todo era perfecto, y ya no quería pensar en el futuro.

Pero Jake se lo recordó. La ayudó a ponerse de pie y se apartó un poco.

—Será mejor que nos vistamos. Si alguien viene a buscarnos, esto puede ser grave.

—Ya es grave.

Glynna tomó un pañuelo de papel de su escritorio y empezó a limpiarse. Él envolvió el preservativo en otro pañuelo y se lo guardó en el bolsillo.

—¿Qué haces?

—No voy a dejar esto en tu despacho para que lo encuentren los de la limpieza.

Ella soltó una carcajada.

—Espero que no tengas un accidente de regreso a casa, o la gente se hará toda clase de preguntas.

Jake se puso los pantalones y se volvió para mirarla mientras terminaba de vestirse.

—Aún quedan muchas preguntas entre nosotros, ¿verdad?

—No pretendía reclamarte nada. Te lo aseguro. Sólo echaba de menos estar contigo.

Glynna estaba dispuesta a hacer todo lo que pudiera para prolongar su relación un poco más. Incluso si para ello tenía que mentir.

Jake la miró a los ojos.

—Yo también te echaba de menos, pero sabes que me iré a Nueva York en cuanto pueda.

Ella asintió.

—Lo sé. Pero eso no significa que no podamos disfrutar del tiempo que nos queda.

—No —aseguró Jake, abrazándola por la cintura—. ¿Puedes venir a mi casa esta noche?

Acababan de hacer el amor y él ya estaba planeando cuándo lo harían de nuevo. La idea la asustaba.

—Le he prometido a mi padre que cenaré con él, pero puedo tratar de estar libre temprano.

—Bien. Quiero que veas las fotos que te saqué.

—¿Las de La Paloma?

A Glynna se le hizo un nudo en el estómago. Como Jake no había dicho nada antes, esperaba que aquellas fotos no hubieran salido.

—Son impresionantes —declaró él—. Estás gloriosa.

—No sé si quiero verlas.

—No seas tonta. Te aseguro que estás guapísima. A fin de cuentas, soy un gran fotógrafo.

El tono burlón de Jake la hizo reír.

—De acuerdo, iré a tu casa cuando termine de cenar con mi padre.

—Bien —dijo él, recogiendo las fotos de prueba—. Me llevaré esto a casa para trabajar en el reportaje. Allí no tendré tantas distracciones.

Glynna soltó otra carcajada.

—Muy bien. Mientras tanto, tal vez yo pueda avanzar con mi trabajo.

—Pon tu notable imaginación a trabajar en el ángulo sensual de los buques y las refinerías de petróleo —le ordenó Jake, mientras abría la puerta—. Hasta la noche.

Ella se sentó detrás de su escritorio, cansada. No se arrepentía de lo que había hecho, pero sabía que acababa de complicarse mucho más la vida. La antigua Glynna habría escapado de las complicaciones. La nueva estaba decidida a encontrar la forma de resolverlas. Una de las lecciones que le había enseñado Jake era que todo lo que valía la pena exigía algún sacrificio.

Stacy dejó la bolsa de gimnasia en el armario y miró a su alrededor. A diferencia del gimnasio al que solía ir, aquél tenía un público mayoritariamente masculino. Sonrió y se pasó una mano por la malla. Aquel día tenía una sorpresa especial para cierto director artístico.

Tomó la toalla, salió del vestuario y se detuvo en la entrada del gimnasio hasta que divisó a Nick, haciendo pesas. Caminó hasta la barra cercana a él, eligió un par de mancuernas y empezó a hacer ejercicios, esperando que la viera.

Sabía que era un juego peligroso, pero

extremadamente sensual. El día que Nick había ido a su despacho para hablarle de los reportajes fotográficos se había sentido abrumada por lo mucho que la atraía. Según se decía en los pasillos de la redacción, era un mujeriego empedernido, con una notable preferencia por las jóvenes adineradas. Pero a pesar de todo lo malo que sabía de él, le había bastado con mirarlo a los ojos para sentir que le subía la temperatura.

Como no podía dejar de pensar en cómo había tratado de seducirla aquel día en el despacho, había decidido subir la apuesta. Ya que Nick no era un hombre con el que se pudiera proyectar un futuro, provocaría un interludio muy placentero en el presente.

—¿Stacy? —dijo él, mirándola a través del espejo—. No sabía que venías a este gimnasio.

—Estoy pensando en inscribirme y he aprovechado una invitación para probar las instalaciones.

—Jake me ha enseñado las fotos del canal. Es un material muy bueno.

Ella soltó una carcajada.

—El lado sensual del canal de Houston. Suena ridículo.

—No, si Glynna hace un trabajo la mitad de bueno que el que Jake ha hecho con las fotos.

—¿Te puedes creer que la llevó a un local de striptease? ¿Glynna McCormick? No me parece el tipo.

—A veces las frías resultan ser las más ardientes —afirmó Nick, mirándola a los ojos en el espejo.

Stacy apartó la vista.

—Supongo que te consideras un experto.

—Sé un par de cosas sobre las mujeres.

—Puedes conocer su cuerpo, pero no tienes idea de lo que tienen en la cabeza.

—Podría sorprenderte. Un hombre que no se interesa por la mente femenina sólo quiere una cita con una gatita sensual y boba.

Nick tenía la camiseta empapada de sudor y el cabello húmedo. Despojado de sus trajes caros, parecía aún más masculino. Stacy se sentía cada vez más atraída por él y no podía dejar de imaginarlo desnudo.

—Creía que una gatita sensual y boba era la mujer ideal de cualquier hombre —dijo, cambiando de ejercicio.

—De algunos, puede ser. Pero a partir de cierta edad, lo que un hombre busca es una mujer inteligente con un cuerpo espectacular.

A través del espejo, ella vio cómo le miraba los senos.

—¿Has pensado en algún tema para el reportaje fotográfico?

Nick se volvió a mirarla.

—¿Eso significa que apruebas mi idea?

—La estoy considerando.

Él sonrió y se volvió hacia el espejo, aunque sin dejar de mirarla.

—¿Ya has decidido qué quieres de mí a cambio?

A Stacy se le ocurría un par se cosas. Levantó la barbilla y preguntó:

—¿Sigues pensando que la imagen es más importante que las palabras?

—Las imágenes crean reacciones instintivas en la gente. Respuestas inmediatas.

—¿Por ejemplo?

—Por si no lo has notado —dijo él, con los ojos encendidos de pasión—, me estoy excitando al mirarte hacer ejercicio.

Stacy bajó la cabeza y sonrió. No sólo había notado la erección de Nick, sino que la visión alimentaba su propio deseo.

—Pero las palabras pueden ser muy poderosas. ¿Qué pasaría si te digo que quiero hacer el amor contigo?

Él contuvo la respiración y se volvió a mirarla, con una sonrisa tímida.

—¿Hablas en serio?

—Las palabras que te he dicho han creado una respuesta inmediata, ¿o no?

—Contesta a mi pregunta.

—Supongo que tendrás que averiguarlo.

Acto seguido, Stacy se puso de pie, tomó la toalla y pasó por delante de él, balanceando las caderas.

—¿Adónde vas? —preguntó Nick.

—A mi casa, para darme una ducha.

Stacy oyó el ruido de las pesas contra el suelo y de los pasos que la seguían.

—Espérame —le pidió él, tomándola del brazo.

Ella se dio la vuelta y levantó una mano.

—No. No me sigas.

Nick frunció el ceño.

—Has dicho que quieres hacer el amor conmigo.

—No, he dicho que tendrías que averiguar qué es lo que quiero realmente.

—¿A qué juegas?

Ella sonrió, divertida.

—A un juego que podría ser muy interesante, si lo juegas bien.

Antes de que él pudiera contestar, Stacy se volvió y caminó hacia el vestuario de mujeres. Invitar a Nick a su casa habría sido demasiado fácil, y había planeado torturarlo un poco más, hasta conseguir que la deseara tanto como ella estaba empezando a desearlo.

Capítulo once

LA cena de los miércoles era una tradición para Glynna y su padre. Hasta donde podía recordar, todos los miércoles por la noche se ponía sus mejores galas y se sentaba frente a él en su restaurante favorito.

—¿Qué tal vais con el reportaje del canal? —preguntó Gordon, mientras el camarero les servía la ensalada.

—Muy bien. En la zona hay mucho más de lo que pensaba.

—Me alegra oírlo. Lo que quieren nuestros lectores son buenos reportajes, no esas bobadas de los complejos turísticos para parejas.

—No lo sé. A veces la gente sólo quiere relajarse y leer algo entretenido —dijo ella, mirándolo a los ojos—. Creo que el artículo sobre La Paloma ha quedado muy bien.

—Tal vez, pero no debes desperdiciar tu talento con esas basuras. Stacy no debió enviarte a ti, y menos con ese fotógrafo melenudo.

Ella se puso tensa.

—Jake es muy bueno. Es el mejor fotógrafo de la revista.

—Eso no justifica su arrogancia y su falta de respeto. El mundo está lleno de tipos como él. Más tarde o más temprano descubren que el talento no basta para suplir el esfuerzo y la dedicación.

—Jake trabaja muy duro. Trabaja por cuenta propia y está a punto de inaugurar una exposición en una galería.

—Tengo muy claro que se considera un artista. Pero preferiría contar con un reportero gráfico. Además, no me gusta la forma en que te mira.

A ella se le puso la piel de gallina.

—¿Cómo me mira?

—No como un padre quiere que un tipo así mire a su hija.

Glynna no pudo evitar sonrojarse y sonrió complacida. Al parecer, había subestimado el interés que Jake tenía por ella.

—Estoy segura de que son imaginaciones tuyas. Jake y yo somos demasiado distintos para tener una relación seria.

—Precisamente por eso deberías evitarlo. Es como un adolescente. No se toma nada en serio.

Por una vez, Glynna mostró su exasperación.

—Por favor, papá. Hablas como si tuvieras cien años. No me digas que no sabes lo que es la diversión.

Gordon frunció el ceño.

—Me gusta mi trabajo. Poca gente puede decir lo mismo.

—A mí también me gusta mi trabajo. Pero en la vida hay otras cosas igual de importantes o más, como las relaciones.

—Tengo amigos. No me trates como si fuera un viejo amargado.

—¿Y qué hay de las mujeres? ¿Nunca has pensado en volver a casarte?

Él apretó los labios y apartó la ensalada.

—He tenido la fortuna de poder amar a una mujer muy especial. Dudo que la suerte me premie dos veces con un amor así.

Ella abrió la boca para contestar, pero su padre la interrumpió.

—Soy perfectamente consciente de que soy un hombre severo —reconoció—, que no acostumbra a demostrar sus sentimientos. Algo que muchos consideran frialdad. Es mi naturaleza y no puedo hacer gran cosa al respecto. De alguna manera, tu madre consiguió ver más allá de eso. Fuimos muy felices juntos, y me gusta vivir con el recuerdo de aquellos años.

Glynna lo miró con gesto pensativo.

—¿Y tú? —preguntó Gordon—. Eres una mujer muy atractiva. Imagino que ya has tenido relaciones con hombres, aunque has sabido ser muy discreta.

Ella se puso colorada.

—He salido con algunos hombres, pero no he tenido ninguna relación seria.

—¿Y ahora estás con alguien?

Glynna se revolvió en la silla, evitando mirarlo. No se podía creer que su padre eligiera justo aquel momento para interesarse por su vida personal.

—Nada serio —dijo.

Seguramente, su padre no habría pensado lo mismo si se hubiera enterado del tipo de relación que tenía con Jake.

Cuando apareció el camarero con los filetes, Glynna agradeció la interrupción, pero su padre retomó la conversación.

—Mantente alejada de Jake Dawson.

—¿Qué te hace pensar que estoy interesada por él?

Glynna temió que alguien lo hubiera visto entrar en su despacho y se lo hubiera contado a su padre.

—Sé que a las mujeres les encantan los hombres como él. Confío en que seas más sensata que la mayoría.

—Te has ocupado de criarme para que lo sea.

Había cierta ironía en el comentario de Glynna. La sensatez que le había inculcado su padre sólo le había servido para pasarse las noches sola y para desestimar cualquier proyecto para el futuro. Su aventura con Jake era el principio de un gran cambio en su vida.

—¿Cuando terminarás el informe que te he pedido? —preguntó Gordon.

Glynna se sintió aliviada por el cambio de tema.

—Lo tendrás en tu escritorio hacia el fin de semana.

—Excelente. Sé que siempre puedo contar contigo.

En otra época, ella habría recordado aquella frase durante semanas. Sin embargo, aquella noche le provocaba un intenso dolor en el corazón. Quería que pensara que era más competente que obediente. Sabía que su padre no acostumbraba a hablar de sus sentimientos, pero necesitaba saber si él quería que, además de tener éxito, fuera feliz.

Jake echó un último vistazo a su piso. Se había pasado la tarde limpiando para la visita de Glynna, porque no quería que su desorden la espantara. Incluso había comprado una vela perfumada de vainilla y la había encendido, esperando que sirviera para enmascarar el olor de los líquidos de revelado.

Jamás había pensado que un día vería a

Glynna McCormick entrando en su casa, pero, después de lo que había pasado en el despacho, trataba de imaginar cómo se comportaría. Se le hizo un nudo en el estómago al recordarla sentada en el escritorio, con el rostro transformado por la pasión. El momento había sido increíblemente erótico. Para ella no debía de haber sido fácil mostrarse ante él de aquella manera, y Jake se preguntaba por qué lo habría hecho.

Una mujer como ella podía encontrar docenas de hombres dispuestos a satisfacer su deseo; tenía el aspecto y los antecedentes necesarios para atraer a cualquiera. Jake no acababa de comprender por qué se había fijado en él ni qué era exactamente lo que pasaba entre ellos. Habían acordado tener una aventura de fin de semana, pero ninguno de los dos había podido olvidar lo que habían compartido en La Paloma.

Jake era el primero en reconocer que entre Glynna y él había algo más que una conexión superficial. Aquel fin de semana con ella le había llegado mucho más hondo de lo que estaba dispuesto aceptar. Sin embargo, seguía pensando que no era una buena idea que siguieran viéndose. Estaba a punto de marcharse a otra ciudad y no quería herirla con su partida. Sin mencionar su propio dolor por tener que dejarla atrás.

Había tratado de mantener las distancias, pero al verla desabotonarse la blusa había perdido el control y se había rendido al paraíso que le estaba ofreciendo, sin dar importancia a lo que pudiera pasar la semana siguiente.

Cuando oyó el timbre se estremeció. Echó un último vistazo a su piso y abrió la puerta.

—Hola —dijo, con una sonrisa.

—Siento llegar tarde. La cena se ha prolongado más de lo que esperaba.

—¿Cómo está Gordon?

—Más cascarrabias que nunca. Se ha pasado todo el rato diciéndome que debo mantenerme alejada de ti.

Jake frunció el ceño.

—¿Por qué? ¿Alguien nos ha visto juntos y le ha dicho algo?

—Lo dudo. Supongo que sólo intentaba protegerme.

—Lo entiendo. Es obvio que no soy el tipo de hombre que un padre quiere cerca de su hija —reflexionó Jake, acariciándole el hombro—. Sumado al hecho de que apenas me soporta. Definitivamente no pertenezco a la aristocracia.

—Creo que ningún aristócrata sabría hacerme gritar como tú.

Glynna se puso de puntillas, le introdujo

la lengua en la boca y se apretó contra él.

No sin esfuerzo, Jake se apartó de ella. No quería apresurar las cosas; quería hacerle el amor toda la noche, descubriendo nuevas formas de satisfacerse.

—¿Quieres una copa de vino?

—Estupendo.

Mientras él servía las bebidas, ella echó un vistazo al salón.

—Tienes un piso muy agradable.

—Gracias. Los dueños me contrataron para hacer fotografías del edificio para un folleto de publicidad, y me gustó tanto que terminé firmando un contrato de alquiler.

—¿Tú has sacado esta foto?

Jake se asomó por encima de la barra de la cocina y la vio delante de la imagen en blanco y negro de un pescador vietnamita. El hombre de cara avejentada por los años, el sol y la sal miraba directamente a la cámara con un cigarrillo en la mano.

—Ésa es la foto con la que gané la beca para la universidad.

Glynna miró otras fotografías, fue hasta el sofá de cuero y le pasó una mano por el respaldo.

Jake le alcanzó la copa.

—¿Pasa algo?

Ella se sonrojó.

—Supongo que estoy un poco nerviosa,

impaciente por ver las fotos que me sacaste.

Jake se sentó en el sofá y tomó un sobre de la mesita.

—Siéntate y te las enseño.

Ella se sentó a su lado, pero no lo bastante cerca como para tocarlo. Jake quería atraerla hacia sí, pero se contuvo. Si a Glynna no le gustaban las fotos, la noche terminaría antes de empezar.

Abrió el sobre y sacó la primera imagen: Glynna recostada boca arriba, con los brazos por encima de la cabeza, tapándose los ojos. Se distinguía una sonrisa de satisfacción, que insinuaba lo que había sucedido antes, al igual que las sábanas revueltas que la rodeaban. La piel de los senos, el estómago y los muslos brillaba como el mármol. Las piernas parecían largas y ágiles, y las curvas, suaves y femeninas.

Era una imagen increíblemente erótica. Jake había tenido una erección al revelarla, recordando lo suave que era su piel y lo bien que sabía su boca. Se había pasado horas trabajando las sombras y suavizando los contrastes hasta conseguir que la imagen pareciera más un cuadro que una fotografía.

Glynna contempló la foto en silencio durante largo rato. Al final, Jake se dejó ganar por la impaciencia y preguntó:

—¿Qué opinas?

Ella lo miró con los ojos llenos de lágrimas, y a él se le paró el corazón.

—¿Qué pasa?

—Has conseguido que parezca tan hermosa...

—Eres hermosa.

Glynna negó con la cabeza.

—No tanto. Has conseguido fotografiar cómo me siento cuando estoy contigo.

Jake la atrajo hacia él y le besó la mejilla. Quería consolarla, aunque no entendía su pesar. Ella sonrió y lo besó en la boca.

—Gracias. Nunca había imaginado que podía verme así.

—Yo siempre te he visto así —aseguró Jake, antes de volver a besarla—. Vamos al dormitorio.

Glynna se dejó llevar hacia la habitación. Él le soltó la mano y fue a encender el equipo de música.

—Me encanta Miles Davis —dijo ella, con una sonrisa.

—Hasta hoy no sabía que te gustaba el jazz.

—Sí, es muy sensual —afirmó Glynna, agachándose para acariciar las sábanas de seda negras—. ¿Te puedes creer que jamás había estado en el dormitorio de un hombre?

Jake avanzó hacia ella, pero Glynna lo

esquivó, rodeando la cama y negándose a mirarlo. Su nerviosismo era conmovedor. Él nunca había conocido a una mujer con tantas contradicciones: atrevida en un momento, tímida en el siguiente; lo bastante desenfrenada como para seducirlo, y con los temores suficientes como para ruborizarse ante la más mínima provocación.

Se sentó en el borde de la cama y dijo:

—Ven, siéntate conmigo.

Ella lo hizo y se apoyó las manos en el regazo. Jake le tomó la barbilla y la obligó a mirarlo a la cara.

—¿Confías en mí? —preguntó.

Glynna vaciló un momento antes de asentir.

—No me has dado motivos para no hacerlo.

—En ese caso, acuéstate y relájate. Vamos a disfrutar el uno del otro.

Ella se tumbó en la cama y apoyó la cabeza en la almohada. Jake se echó hacia adelante y la besó una vez más, abriendo la boca para saborearla enteramente. Ella lo abrazó y lo atrajo hacia su cuerpo. Jake le acarició los senos y sintió cómo se le endurecían los pezones ante su contacto.

Sin dejar de besarla, le desabrochó el primer botón del vestido. Glynna trató de abrirle la camisa, pero él le apartó la mano.

—No. Déjame a mí.

Jake la desvistió lentamente, y a medida que la iba desnudando le acariciaba los senos, las costillas, el estómago, el pubis. Ella lo miró, con las pupilas dilatadas y la respiración entrecortada.

Jake le quitó el sujetador y le cubrió los senos con las manos. Ella se estremeció y se arqueó para apretarse contra la palma.

—Te gusta cuando te toco, ¿verdad?

Glynna asintió y se humedeció los labios.

—Y me encanta cuando me lames.

—¿Así? —preguntó él, deslizándole la lengua por los pezones—. ¿O así?

Jake tomó a un pezón entre los labios, le dio un suave mordisco y lo lamió, dentro de su boca. Ella gimió complacida, suplicándole que no se detuviera. Él pasó al otro seno, bajó una mano y la introdujo bajo las braguitas. Glynna abrió las piernas para invitarlo a entrar, pero Jake quería hacerla esperar, para prolongar la anticipación un poco más.

Le quitó la ropa interior y retrocedió, dejándola tumbada en la cama, desnuda y con el cuerpo humedecido por los besos. Glynna lo miró desvestirse. Jake solía quitarse la ropa lo más rápido posible, pero aquella noche parecía decidido a tomarse todo el tiempo del mundo. Con la música de fondo, se abrió la camisa lentamente, mirándola a los ojos.

Arrojó la camisa al suelo y repitió el ritual con los pantalones. Al oír la respiración entrecortada de Glynna, sonrió. Jamás se había desnudado así delante de una mujer.

Se llevó las manos al estómago y, cuando estaba a punto de quitarse los calzoncillos, ella se apoyó en los codos y dijo:

—Ponte esa cosa de cuero.

—¿Qué?

—Quítate los calzoncillos y ponte esa cosa de cuero que va encima de los pantalones.

Jake sonrió.

—Así que te gustan mis zahones...

—Sí, quiero verte con ellos y nada más.

Glynna esperaba que Jake se negara a aceptar su petición, pero después de vacilar unos segundos, él sacó los zahones de cuero del armario y se quitó los calzoncillos.

El cuero negro contrastaba con la pálida piel de sus nalgas. Glynna quería pellizcarlo y sentir cómo se tensaba mientras empujaba dentro de ella. Cuando Jake se dio la vuelta, se estremeció ante la visión del pene erecto enmarcado por el cuero.

—Ven aquí —lo llamó, arrodillándose sobre la cama.

Jake se acercó, mirándola con una intensidad abrasadora. Ella tomó el pene en una mano y se lo llevó a la boca. Lentamente, empezó a mover la cabeza arriba y abajo para acariciarlo con labios y lengua.

Él la apartó con cuidado.

—Se suponía que debías relajarte y dejarme hacer —dijo.

Ella soltó una carcajada y accedió complacida. Jake se arrodilló delante de ella y le pidió que se tumbara. Glynna gimió excitada.

—¿Qué quieres que haga?

—Sabes lo que quiero.

Él sonrió con malicia.

—Tienes que aprender a pedirlo.

Ella se humedeció los labios y declaró:

—Quiero que me hagas alcanzar el éxtasis.

—¿Cómo?

—Quiero que me lamas el clítoris y que con los dedos...

Antes de que pudiera terminar la frase, Jake ya estaba cumpliendo su deseo y, como le había pedido, la lamió, besó y acarició íntimamente hasta arrastrarla al clímax.

Glynna aún estaba temblando por el orgasmo cuando lo sintió entrar en ella. Mientras Jake empujaba una y otra vez, realizó la fantasía de aferrarlo por las nalgas, sintiendo el contacto del cuero sobre la piel. Con un último empujón, él alcanzó el clímax.

Sin salirse, Jake giró en la cama, arrastrándola con él. Se miraron en silencio durante varios minutos, esperando que su respiración volviera a la normalidad.

—Eres muy especial, ¿lo sabías? —dijo él, acariciándole una mejilla.

—Hasta hace unas semanas no lo sabía, pero gracias a ti, creo que he empezado a descubrirlo.

Capítulo doce

A la mañana siguiente, Glynna no recordaba cómo había llegado al trabajo. Sabía que había pasado por su casa a ducharse y cambiarse de ropa, pero mientras conducía a la oficina no había hecho más que pensar en cada uno de los momentos de la noche anterior.

Cuando Jake había accedido a concretar una de sus fantasías y le había hecho el amor con los zahones puestos, había sentido que estaba perdidamente enamorada de él. Y aunque la certeza la aturdía, no podía dejar de sonreír.

—¡Buenas noches! ¿Qué te ha pasado?

Glynna levantó la cabeza y encontró a Stacy en la puerta de su despacho. Se enderezó y trató de actuar con naturalidad.

—Adelante. ¿Qué puedo hacer por ti?

—Empieza por contestar a mi pregunta —dijo la editora, sentándose en el sofá—. Sólo hay dos cosas que pueden hacer que una mujer sonría así: las drogas y el sexo. Así que a menos que estés tomando medicación por alguna dolencia misteriosa, será mejor qué me digas qué has hecho.

Glynna se ruborizó.

—No he fumado ni he tomado nada.

—¡Lo sabía! Es por el sexo. Ojalá yo pudiera sonreír así.

Glynna corrió a cerrar la puerta.

—No grites —suplicó, regresando a su silla—. Como te oiga mi padre...

—¿Dónde está el problema? No le vendría nada mal enterarse de que ya eres adulta.

—Sinceramente, ¿tan patética soy, que todos me dicen los mismo?

—Tú no eres patética. Es tu padre el que da pena. Algún día reaccionará y se llevará una buena sorpresa —aseguró Stacy, echándose hacia delante—. Pero no me cambies de tema. ¿Quién es el afortunado? ¿Alguien que conozca?

Para entonces, Glynna estaba roja como un tomate.

—No te lo puedo decir.

—¿No me lo puedes decir? —repitió Stacy, con los ojos abiertos desmesuradamente—. ¿Por qué? ¿Está casado?

—¡No! No quiero decir quién es. Aún no.

Glynna no quería contarle a nadie lo que estaba viviendo con Jake, porque temía que los rumores pudieran estropearlo todo. Además, no estaba segura de lo que Jake sentía por ella.

—¡No pongas esa cara! —dijo su amiga,

preocupada—. ¿Qué he dicho de malo?

—¿Qué cara?

—Es como si acabaran de retirarte las tarjetas de crédito —contestó Stacy, con una sonrisa—. De acuerdo, no te presionaré para que me digas de quién se trata. Pero espero que las cosas funcionen para los dos —se puso de pie—. Te mereces ser feliz. Y si ese tipo no te trata bien, tendrá que vérselas conmigo.

Glynna soltó una carcajada.

—Stacy, no creo que seas ni la mitad de dura de lo que te gusta aparentar.

—¿No? No se lo digas a nadie. Estropearías mi imagen.

En cuanto Stacy se fue, Glynna encendió el ordenador y trató de concentrarse en el trabajo, pero no podía dejar de pensar en Jake. Apenas llevaban cinco horas separados y ya lo echaba de menos.

Se puso de pie y decidió bajar al taller de fotografía. Tal vez, una breve charla con Jake la ayudaría a recuperar la concentración.

Cuando llegó al despacho de Jake, lo encontró agachado frente al ordenador, de espaldas a ella. Lo contempló un momento, disfrutando de la visión de su trasero enfundado en unos pantalones de cuero, que le hacía recordar algunas escenas de la noche anterior.

Él se volvió repentinamente, y ella se sobresaltó.

—Hola, Jake. He venido a ver cómo estás.

—Estoy bien —afirmó él, sin mirarla—. ¿Y tú?

—Bien, muy bien.

Glynna se acercó a la mesa, se inclinó hacia él y añadió:

—Me preguntaba si te gustaría comer conmigo.

Jake introdujo unos datos en el ordenador y movió la cabeza en sentido negativo.

—No, hoy estoy muy ocupado.

Ella frunció el ceño. No entendía por qué se resistía a mirarla.

—¿Y qué tal si cenamos?

—Lo siento —se disculpó—, pero ahora mismo estoy liadísimo.

Glynna dio un paso atrás y se quedó mirándolo, a la espera de que dijera o hiciera algo más. No se podía creer que, después de la noche que habían compartido, estuviera tan distante.

Jake levantó la vista.

—¿Necesitas algo más? —preguntó.

Ella respiró hondo.

—¿Qué te sucede?

—Nada. Estoy ocupado, eso es todo.

La forma en que la trataba le hacía pensar

que lo que había pasado entre ellos la noche anterior no había sido tan especial para él, sólo sexo.

—Esta bien —dijo, retrocediendo hacia la puerta—. En ese caso, te dejaré trabajar.

Glynna se dio la vuelta y casi estaba en el pasillo cuando él la detuvo.

—Cenaremos pronto. Te llamaré.

—De acuerdo. Llámame.

Glynna se apresuró a marcharse, antes de que Jake dijera algo que empeorara aún más las cosas. Él quería cenar con ella una noche, mientras que ella quería sentarse a la mesa con él todas las noches durante el resto de su vida. Se sentía tonta. Lo estaban pasando muy bien, y ella había tenido que estropearlo todo enamorándose de él.

Nick no sabía qué pensar de los constantes coqueteos de Stacy. Un momento lo devoraba con la mirada, y al siguiente adoptaba su típica actitud de editora fría y distante. Después de cada desconcertante encuentro con ella, se maldecía por caer en las trampas de su juego. Pero cuando la veía atravesar el pasillo, con sus piernas interminables y aquellas faldas ceñidas a su perfecto trasero, volvía a ceder a la tentación de seducirla.

De modo que cuando ella lo había llamado para concertar una reunión para definir el diseño del siguiente número de la revista, él había sugerido que se reunieran en su despacho, confiando en que podría jugar mejor si estaba en campo propio.

Pero los planes de Nick se evaporaron en cuanto la vio aparecer en su despacho con aquel conjunto de chaqueta y minifalda de cuero rojo. Stacy era una contrincante dura, pero cuando se trataba de seducir, él era un jugador nato.

—No me puedo creer que lo hayan conseguido —dijo ella, mientras miraba las fotos para el reportaje—. Realmente han conseguido que el canal de Houston parezca erótico, vibrante e incluso sensual.

—Y espera a ver lo que tengo pensado para la portada.

Nick le alcanzó una de las fotos de Jake. En la imagen se veía un primer plano de las columnas de humo de una planta petroquímica, y, en la distancia, el cartel con luces de neón de uno de los locales de striptease.

A Stacy se le dibujó una sonrisa en los labios.

—¿No crees que es excesivamente fálico?

—Has dicho que querías algo sensual.

Ella soltó una carcajada.

—A Gordon le va a dar un infarto.

—¿No temes que te despida?

—No me importa —dijo ella—. Esta mañana han llegado los informes de ventas del último número.

—¿Y?

—El veinticinco por ciento de los suscriptores ha rescindido el contrato. El reportaje de La Paloma ha causado bastante indignación.

Nick frunció el ceno.

—Eso no suena muy bien.

Stacy sonrió de oreja a oreja.

—Pero también tenemos cerca de cuatro mil suscriptores nuevos; The Chronicle quiere hacer un artículo sobre nuestra revista en su suplemento semanal de negocios; y Masthead está interesada en un informe sobre el próximo número.

—Hasta Gordon debería sentirse feliz con esas noticias.

—Aún no se lo he dicho. Estoy esperando el momento indicado.

Stacy volvió a mirar los diseños.

—Te gusta hacer esto, ¿verdad?

—¿Hacer qué? —preguntó ella, mientras pasaba la página.

—Te gusta hacer esperar a los hombres.

—¿Por qué lo dices?

Desde aquel encuentro en el gimnasio, Nick había alternado entre la furia y la fascinación. No le gustaba que lo manipularan, pero Stacy tenía algo muy especial. Había algo en ella que hacía que el coqueteo fuera distinto del que había experimentado con otras mujeres.

—Anoche traté de llamarte —dijo Nick—. Dejé sonar el teléfono una docena de veces...

—No estaba pendiente del teléfono.

Nick se preguntaba si se había negado a contestar porque sabía que era él o porque estaba con otra persona. La segunda posibilidad le revolvía el estómago. Mientras la miraba estudiar los diseños, se imaginaba deslizándole la lengua por el escote.

—¿Disfrutas de las vistas? —preguntó ella.

Stacy lo había descubierto mirándole los senos, y, como era su costumbre, había subido la apuesta, jugando con el primer botón de su chaqueta.

—Sí, pero no es necesario que te arregles tanto para venir a verme...

Nick se incorporó y caminó hasta ella.

—¿Crees que me he puesto este conjunto para ti? ¡Por favor!

Él se quedó a su lado, pero sin llegar a tocarla. Quería que Stacy fuera la que se esforzara por alcanzarlo.

—¿Estás segura de que no lo has hecho por mí?

—Estás delirando —dijo ella, sin poder sostenerle la mirada.

—Reconócelo. Te encanta provocarme. La pregunta es qué es lo que quieres realmente.

Stacy enderezó los hombros y adoptó su sonrisa soberbia una vez más.

—Tú sabrás. Eres el hombre que afirma saberlo todo sobre la mente femenina.

Nick se acercó hasta que sus labios quedaron casi rozando los de Stacy.

—Sabes que me deseas —gruñó.

A ella se le encendió la mirada.

—Tal vez sólo disfrute provocándote.

—Una mujer como tú necesita más que eso. Quieres más.

Ella arqueó una ceja.

—¿Y qué es exactamente lo que quiero?

La pregunta lo tomó por sorpresa. Una vez más.

—¿Te importaría darme alguna pista?

—Cuando te acerques a la respuesta correcta, te prometo que lo sabrás.

Acto seguido, Stacy dio un paso atrás, poniendo distancia entre ellos.

Nick respiró profundamente y se recordó que estaban en su despacho, con la puerta abierta. No podía tumbarla sobre el escritorio para demostrarle cuál era la respuesta que consideraba correcta.

—¿Y mientras tanto?

Ella sonrió y se volvió hacia las pruebas de diseño.

—Mientras tanto tenemos que sacar una revista.

Nick estaba desesperado. No entendía qué era lo que Stacy quería de él, ni por qué le interesaba tanto descubrirlo.

Jake dio gas a la moto en una curva, tratando de disipar la niebla que parecía haberse apoderado de su cerebro aquellos días. Una niebla llena de imágenes de Glynna. Había pasado una semana desde aquella mañana en su despacho, cuando la había desdeñado después de que pasaran la noche juntos en su piso.

El recuerdo lo estremeció. Lo había resuelto muy mal, dándole excusas ridículas cuando lo que realmente deseaba era abrazarla y besarla hasta quedar sin aliento. Pero no tenía sentido seguir adelante con aquella relación; cada minuto que pasaran juntos haría más dolorosa la despedida.

Sin embargo, no podía dejar de pensar en ella. Por eso era indispensable que mantuviera las distancias. Y más desde que había recibido una carta de un viejo amigo de la universidad que se ofrecía a presentarle a algunos de los dueños de galerías, editores y críticos más importantes de la ciudad; gente que podía ayudarlo a entrar en el ambiente de la fotografía artística de Nueva York.

Llevaba años esperando a que se le presentara una oportunidad como aquélla y no podía permitir que nada lo distrajera. Necesitaba hacer un book con sus trabajos, organizar el viaje y poner en orden todos sus asuntos. No tenía tiempo para una relación, y menos con Glynna. Era demasiado complicada y atractiva.

Cuando Stacy lo había llamado aquella mañana para pedirle que se pasara por su despacho, había estado a punto de negarse. Pero el sueldo que le pagaba el Texas Style era demasiado elevado para renunciar a él. Lo único que podía hacer era tratar de pasar en el edificio el menor tiempo posible, para evitar cruzarse con Glynna.

Stacy lo estaba esperando con la puerta del despacho abierta. Se quedó paralizado al descubrir que Glynna también estaba allí.

—Hola, Jake —dijo ella, con una sonrisa afectuosa.

En el rostro de Glynna podía leerse tan nítidamente el cariño que sentía por él que Jake se estremeció. Al parecer, Stacy también lo había notado, porque después de ver el gesto de su amiga, lo miró con curiosidad.

Él no le hizo caso y se sentó en la otra silla, al lado de Glynna.

—¿Para qué me has llamado? —le preguntó a Stacy—. Tengo toneladas de trabajo atrasado.

La editora les entregó un ejemplar del último número del Texas Style.

—Os felicito por el excelente trabajo que habéis hecho con el reportaje del canal. Gordon está muy contento.

Jake frunció el ceño al oír el nombre del director.

—¿De verdad ha visto el reportaje?

No podía imaginar que Gordon estuviera contento con las entrevistas a las bailarinas y las fotos de los turistas.

Stacy bajó la vista.

—No exactamente. Le he dicho que está muy bien y ha dicho que se fía de mi palabra.

—Su frase exacta ha sido: «Ni siquiera esos dos son capaces de estropear un artículo sobre barcos e industrias» —dijo Glynna—. Y está tan contento con los últimos informes de ventas que ha decidido dejar que Stacy vuelva a ocuparse de elegir los temas.

—Está de acuerdo en que sería muy buena idea hacer una serie de reportajes sobre las distintas zonas de la ciudad.

Jake se revolvió en su asiento.

—¿Y eso que tiene que ver conmigo?

—Quiero que trabajes con Glynna en el próximo reportaje. Irá sobre el Houston subterráneo, sobre el sistema de túneles que hay debajo del centro.

Jake tenía que reconocer que era una buena oportunidad. Había gente que llevaba años viviendo en Bayou City y nunca había visitado el laberinto de túneles. Además, sería divertido investigar la zona con Glynna. Tal vez demasiado divertido.

—Es una gran idea, pero no puedo hacer el trabajo.

—¿Por qué? —preguntó Glynna, mirándolo atónita.

—Lo siento, pero estoy muy ocupado. Tendréis que conseguir a otro fotógrafo.

Stacy frunció el ceño y los miró detenidamente.

—De acuerdo. Enviaremos a Jason Burke o a Missy Thorpe.

Glynna no dijo nada. Jake se levantó de la silla. Le dolía el pecho y necesitaba salir de allí.

—Tengo que irme.

Stacy asintió y él se dirigió a la puerta. Pero antes de que pudiera llegar, Glynna se le adelantó, abrió la puerta y salió corriendo por el pasillo. Jake la miró alejarse, sintiéndose desgraciado.

—¿Se puede saber qué pasa, Jake? —le preguntó Stacy.

—No sé.

Ciertamente, Jake no sabía qué pasaba ni qué quería que pasara con Glynna. Trasladar lo que habían vivido en la playa al mundo real había sido un tremendo error.

—¿Glynna y tú habéis estado saliendo?

—No exactamente.

—No entiendo...

—Yo tampoco. Disculpa, pero me tengo que ir.

Jake salió al pasillo decidido a ir buscar a Glynna. Necesitaban hablar para aclarar las cosas. Caminó hacia su despacho, pero al pasar por el cuarto de baño de mujeres pensó que si estaba tan enfadada como parecía, era muy probable que se hubiera encerrado allí. Comprobó que no había nadie en el pasillo y entró en el baño.

Como sospechaba, Glynna estaba en un rincón, secándose los ojos con un pañuelo. Al verlo, se enderezó de inmediato.

—¡Jake! ¿Qué haces aquí?

Él se metió las manos en los bolsillos para no ceder a la tentación de abrazarla.

—He venido a ver cómo estás.

—Estoy perfectamente —dijo ella, escondiendo el pañuelo—. ¿Por qué no iba a estarlo?

—Glynna, lamento haber desaparecido de esa forma. Sé que he sido un imbécil, pero puedo explicártelo.

—No me debes ninguna explicación. Te lo he dicho antes: no tengo derecho a reclamarte nada.

—No creo que dos personas puedan hacer las cosas que hemos hecho en la cama y no sentir algún vínculo —afirmó Jake—. Sé que acordamos que nuestra relación sería algo pasajero, pero, al menos para mí, dejó de serlo después de la primera noche.

Ella lo miró boquiabierta.

—¿Qué estás tratando de decir?

Jake tragó saliva. No se le daban bien las palabras; prefería las imágenes.

—Estoy diciendo que, por algún motivo, me has afectado más que ninguna otra mujer; que no puedo dejar de pensar en ti, ni de desear estar contigo. Y eso es un problema para mí.

—¿Por qué?

Él sacó la carta del bolsillo de su chaqueta.

—Léela y lo entenderás.

Ella tomó la carta y la leyó. Cuando volvió a mirarlo, sonrió tímidamente.

—Te han invitado a Nueva York. Es lo que querías, ¿no es cierto?

Él asintió.

—Pero eso significa que ahora mismo no puedo involucrarme en una relación con nadie. Y dado que contigo no puedo mantener una aventura pasajera, creo que es mejor que no sigamos viéndonos.

Acto seguido, Jake acortó la distancia entre ellos, porque ya no podía resistirse a la necesidad de tocarla. En cuanto sintió la mano de Jake en el hombro, Glynna se echó hacia delante y le apoyó la cabeza en el pecho.

—No sé si sentirme halagada porque no dejas de pensar en mí, o furiosa porque ya no quieres verme.

Él le acarició la espalda.

—Creo que es mejor que mantengamos las distancias —afirmó—. Quiero irme de la ciudad pensando que seguimos siendo amigos.

Ella levantó la cabeza para mirarlo. Al ver la valentía con la que intentaba afrontar la situación, Jake estuvo a punto de desistir de su decisión.

—Siempre te consideraré un amigo. Y quiero que seas feliz en Nueva York.

Jake habría preferido que le pegara una bofetada, porque la nobleza que había detrás de aquellas palabras le partía en el corazón.

—Y yo quiero que seas feliz aquí. Será lo mejor. Ya verás.

—Sin duda —dijo ella, dándose la vuelta—. Será mejor que salgas de aquí antes de que entre alguien.

—Sí.

Él retrocedió hacia la puerta, sin dejar de mirarla. Se preguntaba si de verdad estaría bien.

—Vete, Jake. Me voy a refrescar un poco.

Él se volvió y salió del cuarto de baño, pero se llevó la tristeza de los ojos de Glynna grabada en la mente. Aunque sabía que hacía lo correcto al separarse de ella, no podía dejar de sentirse imbécil. Glynna se merecía un hombre que estuviera con ella a largo plazo, algo que él no podía garantizar. No sabía adónde lo llevarían sus ambiciones ni cuánto tiempo tardaría en alcanzarlas. Lo que sí sabía era que no podía concentrarse en su trabajo y en una mujer al mismo tiempo. A base de fijarse un objetivo cada vez había conseguido dedicarse al trabajo que le gustaba. Tenía todo lo que siempre había deseado, porque no se había permitido distraerse. Tal vez más adelante, cuando sus cosas estuvieran más ordenadas, Glynna y él podrían darse una nueva oportunidad.

Capítulo trece

GLYNNA miró el reloj por quinta vez en diez minutos y volvió la vista hacia la entrada principal del edificio del banco, preguntándose dónde estaría la fotógrafa que tenía que reunirse con ella hacía veinte minutos.

Maldijo entre dientes, sacó el teléfono móvil y marcó el número de Missy Thorpe. Después del tercer timbrazo la atendió el contestador automático. Glynna cortó sin dejar mensaje. Volvió a mirar el reloj y se dijo que Jake no habría llegado tan tarde.

Al pensar en él, sintió una punzada en el corazón. Se había dicho que debía alegrarse de que se fuera a Nueva York. A fin de cuentas, era su amiga y debería celebrar que tuviera la oportunidad de hacer lo que siempre había deseado.

Sin embargo, lo único que quería Glynna era que se quedara con ella. Se apretó el puente de la nariz para tratar de contener las lágrimas. Había sido una idiota al decirle que lo entendía y que no tenía derecho a reclamarle nada.

Podía fingir que era una mujer madura

y sofisticada, preparada para mantener una relación basada sólo en el sexo, pero lo cierto era que estaba perdidamente enamorada de Jake y no podía hacer nada al respecto.

En aquel momento, una rubia alta y delgada entró por la puerta del banco y corrió hacia ella.

—Siento llegar tarde —dijo la mujer, dándole la mano—. Soy Missy.

Glynna la saludó, se colgó el bolso al hombro y se volvió hacia los ascensores.

—Tenemos mucho que hacer, así que cuanto antes empecemos, mejor.

—Desde luego —dijo Missy, siguiéndola—. Exactamente, ¿qué venimos a buscar aquí?

—Se trata de enseñar los túneles subterráneos como una ciudad dentro de la ciudad. Un mundo debajo de nuestros pies que mucha gente no conoce.

—Nick dijo que era algo parecido al reportaje del canal de Houston. Con sexo y cosas así.

—No sólo sexo. Cualquier cosa inesperada.

—Me gusta la idea —afirmó la fotógrafa mientras subían al ascensor—. ¿Cómo es trabajar con Jake Dawson?

Glynna vaciló antes de contestar.

—Jake es un fotógrafo muy bueno.

—Por lo que he oído —dijo Missy, con un

codazo cómplice—, su talento no se limita a la fotografía.

Ella se puso roja como un tomate.

—Es bastante guapo.

—¡Está como un tren! Si lo tuviera en la cama, no lo soltaría jamás.

Las puertas del ascensor se abrieron en el subsuelo y Glynna se apresuró a salir, para librarse de la incomodidad de aquella charla.

—¿Por dónde empezamos? —preguntó Missy, mirando a su alrededor.

Glynna se detuvo a consultar el mapa y trazó un recorrido por las distintas secciones de los túneles.

—Esta sección es conocida por sus muestras de arte moderno —dijo—, lo cual debería darnos buenas fotografías. Haremos una parada en Beck's Prime, un restaurante con una terraza muy divertida. Ahora estamos en el túnel South Louisiana. Después iremos al oeste, al túnel North Travis, donde hay mucha arquitectura art decó.

Caminaron por una calle con locales de todo tipo, desde perfumerías hasta agencias de viaje, pasando por ópticas y clínicas dentales. Se podía comprar todo lo que se quisiera en aquellos túneles, sin atascos ni problemas para aparcar. Mientras apuntaba lo que veía, Glynna pensó que a Jake le encantaría aquel lugar.

—¡Esto es impresionante! —exclamó Missy, enfocando un mural de neón—. No me puedo creer que Jake se haya perdido la oportunidad de fotografiar esto.

Glynna sintió otra punzada en el corazón.

—Ahora mismo, Jake está muy ocupado.

—¿Y qué está haciendo?

—No lo sé —contestó ella, adelantándola—. Voy a ir a hablar con la gente. Alcánzame cuando puedas.

Glynna no quería hablar con Missy sobre Jake. De hecho, no quería hablar de él con nadie. Le dolía demasiado. Lo mejor que podía hacer era concentrarse en el reportaje y olvidarse de él durante un rato.

Mientras Missy sacaba fotos, Glynna entrevistó a un limpiabotas. Según el hombre, la vida en los túneles era cómoda y segura. Ella pensó que su vida se parecía bastante a aquella descripción. Jake había sido su primer y único gran riesgo.

Missy se reunió con ella cuando estaba terminando de entrevistar a un heladero.

—¿Sabías que hasta hay una oficina de correos y varios bancos?

—Tienen de todo —dijo Glynna, señalando a una tienda de lencería—. Vamos a echar un vistazo.

Entraron en el local y, después de recorrer varias estanterías, Glynna descubrió un corsé de seda negro. Acarició la prenda y se preguntó si le gustaría a Jake.

—No está mal —comentó Missy—. Aunque yo prefiero la desnudez a la lencería erótica.

Glynna recorrió a la fotógrafa con la mirada y se dijo que si tuviera un cuerpo tan perfecto, tampoco necesitaría lencería.

Missy se inclinó a mirar el liguero de uno de los maniquíes.

—¿Tú crees que a Jake le gustarán estas cosas? Sería capaz de comprar una docena con tal de tener algo con él.

Glynna gruñó y se apartó unos pasos. Missy continuó:

—Quiero decir, Jake y yo tenemos muchas cosas en común, porque los dos somos fotógrafos. Podría decirle que quiero aprender de un maestro. Y cuando estuviéramos juntos, podríamos dejar que la naturaleza siguiera su curso.

Glynna ya no soportaba más; si Missy seguía hablando de Jake, la iba a abofetear. Se dio la vuelta y salió de la tienda.

—¡Espérame! —gritó la joven, trotando para alcanzarla—. ¿Adónde vas con tanta prisa?

Glynna consultó el mapa y giró hacia la derecha, para tomar el corredor que conducía al túnel North Travis. La arquitectura del lugar era tan fascinante que hasta Missy se había olvidado de Jake, de momento, y se había concentrado en su trabajo.

—¿Por qué todo es diferente en esta sección? —preguntó.

—Cada sección de los túneles está mantenida por propietarios de...

Glynna se interrumpió cuando sus ojos se posaron en una fotografía en blanco y negro expuesta en el escaparate de una pequeña galería. Un escalofrío le recorrió la espalda mientras contemplaba la imagen de una mujer desnuda, sentada en una silla, con los brazos en jarras y el pecho descubierto.

Missy le dijo algo, pero ella estaba tan abrumada que apenas la oyó y siguió avanzando hacia la galería. Aquello no se lo podía perder por nada del mundo.

Empujó la puerta y entró en el local. El sitio era pequeño y estaba lleno de desnudos en blanco y negro, colgados de las paredes y de las columnas.

Con el corazón acelerado, Glynna contempló la foto que había visto el día que se había chocado con Jake en el pasillo, la de la esposa de su amigo. Se le llenaron los ojos de lágrimas al recordar a Jake haciéndola posar para él en la cama de su cabaña de La Paloma.

—Esto me parece repugnante —dijo

Missy, indignada.

—¿Cómo?

—Sí, me parece un horror que exploten a las mujeres de esa manera. Seguro que el fotógrafo es un hombre.

El empleado de la galería las miraba desde una esquina. Glynna se volvió hacia la foto y bajó el tono de voz.

—No es repugnante. Es hermoso.

—¿Qué clase de mujer permitiría que la usaran para una cosa así?

—Tal vez una mujer que aprecia el arte.

Glynna se dijo que si ella se había atrevido a posar desnuda no había sido por amor al arte, sino por amor a Jake. Se le hizo un nudo en la garganta. Hacer el amor con él había sido lo mejor que le había pasado en la vida, pero, tal vez, también lo peor.

—Estas fotos nuevas son fantásticas, Jake —afirmó Terrence—. Tu mejor trabajo.

Jake observó, con una mezcla de orgullo y pesar, cómo el dueño de la galería, desenvolvía las fotos enmarcadas de Glynna. Terrence sostuvo en alto una imagen de Glynna recostada en la cama, con los brazos sobre la cabeza y los ojos cerrados, como si estuviera durmiendo.

—Creo que pondré ésta en el escaparate.

Jake frunció el ceño. No sabía si quería compartir aquellas imágenes con el mundo. Estaba convencido de que era su mejor trabajo, pero también era el más personal. Jamás había estado tan involucrado sentimentalmente con sus modelos como lo estaba con Glynna. La idea de que un desconocido comprase aquellas imágenes le revolvía el estómago.

Estiró un brazo y tocó el marco de la foto que Terrence tenía en las manos, luchando contra la necesidad de quitársela.

—Puedes exponerlas, pero no están en venta.

Terrence arqueó una ceja.

—¿Estás seguro? Se venderían enseguida.

Él negó con la cabeza.

—Son de mi colección personal.

El dueño de la galería volvió a mirar la fotografía y sonrió.

—Una mujer especial, ¿eh? No sabía que fueras tan romántico.

De hecho, Jake tampoco lo sabía.

—Hay un par de clientes en la galería —dijo Terrence, guardando la foto de Glynna en su envoltorio—. ¿Por qué no sales y te presentas? Tal vez consigas que compren algo.

Él se metió las manos en los bolsillos.

—No sé, no me siento muy cómodo con esas cosas.

—Vamos —dijo Terrence, mirando el espejo de vigilancia—. Son dos damitas muy atractivas. Despliega tus encantos. Convéncelas de que eres el próximo Annie Liebowitz.

Jake sabía que no podía decirle que no a Terrence. No después de que le hubiera dado una oportunidad como aquélla.

—De acuerdo.

Acto seguido, Jake suspiró y empujó la puerta que comunicaba con la galería. Sus ojos recorrieron el lugar antes de fijarse en las dos mujeres. Estaban delante de una de sus fotos favoritas, la de la mujer de su amigo.

La rubia delgada estaba protestando por algo. La cámara que llevaba colgada al hombro le indicó que tal vez se trataba de una colega a la que no le gustaba su trabajo. De la otra mujer sólo podía ver la cadera y el codo que asomaban por detrás de la columna.

Caminó hacia ellas y llegó a la columna justo cuando se asomaba la segunda mujer. Al verla se le paró el corazón y se quedó sin aliento.

—¡Glynna!

Ella estaba pálida como el mármol de la columna; después, un tímido rubor le coloreó las mejillas, como el sonrojo del sexo. Jake tragó saliva, tratando de no prestar atención a la tensión en la ingle.

—¿Qué haces aquí? —preguntó.

Glynna se humedeció los labios. La sensualidad del gesto le hizo apretar los puños para no ceder a la tentación de tocarla.

—Estoy trabajando en el reportaje sobre el sistema de túneles —dijo ella, mirando a su alrededor—. No sabía que tu exposición estuviera aquí. Es deslumbrante.

Jake pensó que si había algo deslumbrante allí, era ella. No podía dejar de mirarla. Había roto con ella para poder concentrarse en su trabajo, pero había fracasado en el intento. Desde el momento en que se había dicho que no podía tenerla, la deseaba mucho más.

—Estás preciosa.

—¿No nos vas a presentar, Glynna?

La rubia se metió entre ellos, sonrió y miró a Jake con los ojos brillantes.

Glynna frunció el ceño.

—Jake, te presento a Missy Thorpe. Missy, te presento a Jake Dawson.

—Estaba deseando conocerte —afirmó Missy, estrechándole la mano—. Soy una gran admiradora de tu trabajo. También soy fotógrafa.

Él asintió.

—Ya he visto la cámara —dijo, volviendo su atención a Glynna—. ¿Y cómo va el artículo?

—Bien. Los túneles son muy interesantes.

—Sí.

Jake se sentía idiota, pero no podía dejar de mirarla.

—Soy la fotógrafa de este reportaje —lo informó Missy, sin soltarle la mano—. ¿Qué tal si vamos a comer? Así podrías darme algunas ideas...

Glynna apretó los labios para contener la risa.

—Tal vez en otro momento —contestó él, con desdén—. Glynna, ¿podemos hablar un momento? ¿A solas?

Missy frunció el ceño, pero lo soltó. Jake se lo agradeció con un leve movimiento de cabeza, tomó a Glynna del brazo y la llevó a un rincón.

—¿Qué te hace tanta gracia? —le preguntó.

—Deberías haberte visto la cara cuando te ha sujetado la mano. ¡Y la de ella! —contestó, entre risas—. Missy está obsesionada contigo. Se ha pasado la mañana hablando de ti.

Jake le echó un vistazo a la rubia. Missy sonrió y lo saludó con la mano. Él frunció el ceño y se volvió hacia Glynna.

—No es mi tipo.

—¿Estás seguro? —preguntó ella, con

sorna—. Dice que no te echaría de la cama.

—Prefiero a las morenas curvilíneas.

Jake la tomó de la cintura, quebrando su propia determinación de mantenerse alejado de ella. Solía tener mucha fuerza de voluntad, pero todo era diferente con Glynna.

—Confieso que preferiría estar trabajando contigo —afirmó ella, mirando de reojo a Missy —. Me está volviendo loca.

Jake apartó la mano, de mala gana.

—Si es así, deshazte de ella.

—¿Cómo?

Él pensó un momento y dijo:

—Yo la distraigo, y tú aprovechas para salir de la galería; doblas la esquina, tomas el ascensor hasta el aparcamiento y me esperas ahí.

—¿Y si te sigue?

—Le diré que te has ido en otra dirección.

Ella asintió.

—¿Y después qué hacemos?

—Después te llevaré a comer.

Jake tenía muchas cosas que contarle. Quería hablarle del trabajo por cuenta propia que había conseguido para mantenerse las primeras semanas en Nueva York y del inquilino que había encontrado para su piso. Pero sobre todo, le apetecía charlar con ella.

Glynna vaciló un momento, pero al fin accedió.

—Está bien.

Acto seguido, Glynna fue a decirle algo a Missy y luego salió de la galería. Él se acercó a la fotógrafa.

—¿Y qué te parece mi trabajo? —preguntó, señalando las fotos.

Era una pregunta peligrosa que nunca solía hacer. Ningún artista quería arriesgarse a las críticas.

Ella se quedó boquiabierta.

—¿Estas fotos son tuyas? —exclamó, sonrojada—. ¡No tenía ni idea!

—Sí. ¿Qué te parecen?

Ella se puso tensa.

—Son muy interesantes. Pero ¿por qué mujeres desnudas?

Jake sonrió.

—Me gustan las mujeres.

Missy frunció el ceño.

—¿No tienes la impresión de que fotografiar mujeres desnudas, en esas posturas indefensas y subjetivas, es degradante y machista?

Él la miró detenidamente mientras se preguntaba si había leído aquella diatriba en alguna parte o sin lo creía de verdad.

—No.

—Pero ¿no crees que…?

Jake dejó de escuchar. Un vistazo hacia afuera le bastó para saber que Glynna estaba a salvo, fuera de vista. Miró el reloj y después miró a Missy, que estaba despotricando contra el voyeurismo y la opresión sexual.

—Oye, es un tema fascinante, pero me tengo que ir.

Ella se quedó boquiabierta, y Jake aprovechó el silencio de Missy para ir a la puerta. Antes de salir, se detuvo a mirarla de nuevo. Ella estaba dando una vuelta por la galería, inspeccionando el lugar.

—Si estás buscando a Glynna, creo que se ha ido hacia el edificio del banco.

Antes de que Missy pudiera contestar, Jake salió de la galería y caminó por el corredor. Una planta más arriba, Glynna lo estaba esperando.

Capítulo catorce

GLYNNA esperaba a Jake junto al ascensor se servicio. El sentido común le decía que, si quería evitar nuevas heridas a su corazón, debía darse la vuelta y salir de allí cuanto antes. Sin embargo, la necesidad de volver a estar con él era mucho más fuerte. Si Jake se iba a ir a Nueva York, Glynna prefería aprovechar para disfrutar de su compañía y dejar las lamentaciones para cuando estuviera sola.

Cuando lo vio salir del ascensor, respiró profundamente y trató de comportarse con naturalidad.

—¿Has conseguido eludir a Missy? —preguntó, mirándolo por el rabillo del ojo.

—Se ha ido.

Jake la tomó de la mano y la introdujo en el ascensor. La puerta se cerró detrás de ellos y empezaron a subir.

—¿Adónde iremos a comer?

Él se metió las manos en los bolsillos y bajó la vista, evitando mirarla.

—¿Qué te apetece?

Glynna se balanceó sobre los pies. No tenía hambre; por lo menos, no de comida.

—No sé. ¿Y a ti?

Jake se volvió hacia los botones y detuvo el ascensor. Ella lo miró aturdida, pero él no le dio tiempo a decir nada y la abrazó.

—Esto es lo que me apetece —susurró, antes de besarla.

Mientras Jake le devoraba la boca, Glynna lo tomó del trasero y se apretó contra él, disfrutando de la presión de su erección contra el abdomen.

—Te he echado de menos —dijo.

—Yo también —afirmó él, mordisqueándole el cuello—. He tratado de mantenerme alejado, pero desde que nos hemos visto en la galería no he podido dejar de pensar en el aspecto que tenías cuando te fotografíe desnuda —empezó a desabotonarle el vestido—. Quiero verte así otra vez.

Glynna se estremeció al sentir la lengua de Jake bordeando su escote.

—¿Y si alguien llama al ascensor?

—Tranquila; es un ascensor de servicio que no se usa mucho. Si alguien ve que está parado, supondrá que están descargando algo o que se ha estropeado.

—Oh…

Glynna no pudo decir nada más, porque Jake le había desabrochado el sujetador y había empezado a besarle los senos. Cerró los ojos y se recostó contra la pared del ascensor.

Jake siguió con su juego de lengua, labios y dientes hasta hacerla temblar de deseo. Después, se enderezó, la tomó de la cintura y la miró a los ojos.

—¿Has hecho el amor de pie alguna vez? —preguntó.

Ella tragó saliva.

—No. ¿Y tú?

Él sonrió y le pasó la mano por el pelo.

—No contigo. Y no en un ascensor.

Acto seguido, Jake trató de desabrochar el resto de los botones del vestido, pero ella lo tomó de la muñeca y lo detuvo.

—Espera. Ahora me toca a mí.

En cuanto Glynna terminó de desabotonarle la camisa, Jake la atrajo hacia sí y la apretó contra su pecho desnudo. Le besó los hombros, terminó de desabrocharle el vestido y le acarició la pierna.

—Jake… —gimió ella.

Él se arrodilló, le bajó las braguitas y comenzó a besarla íntimamente. Glynna tensó los muslos, mientras él la lamía hasta llevarla al borde de la locura.

—Espera —murmuró, entre jadeos—. Para.

Jake se apartó y le apoyó la cabeza en el muslo.

—¿Qué pasa?

—Estás muy lejos.

Él se puso de pie, dejó que le desabrochara los pantalones y la tomó de las caderas para atraerla hacia sí. De repente, se le desdibujó la sonrisa y con un gruñido furioso, golpeó la cabeza contra la pared.

—¿Qué pasa? —preguntó ella, preocupada.

—No había imaginado esta situación, y no tengo preservativos.

Glynna sonrió, se agachó a buscar el bolso y sacó el preservativo que había guardado días atrás, pensando en posibles situaciones de emergencia. Y, desde luego, aquélla lo era.

Jake la miró sorprendido y extendió la mano para que se lo diera, pero ella movió la cabeza en sentido negativo y, sin dejar de mirarlo a los ojos, le tomó el pene y le colocó el preservativo.

En la mirada de Jake había un brillo especial, oculto detrás del deseo, que le hacía pensar que lo que sentía por ella era mucho más que una simple amistad. Tal vez la intensidad de sus encuentros no sólo se debía a la compatibilidad física. Con los ojos llenos de lágrimas, separó las piernas y lo invitó a entrar en ella.

Jake la tomó de las nalgas y la impulsó hacia arriba.

—Rodéame la cintura con las piernas —dijo.

En cuanto Glynna lo hizo, él la apoyó contra la pared y comenzó a empujarse dentro de ella, con toda la fuerza de su pasión.

Había algo primitivo en aquel encuentro, algo más salvaje, animal y erótico que todo lo que habían hecho antes. Glynna se estremeció al sentir que, además de procurar darle placer, Jake la estaba amando con todo su ser.

Cuando alcanzaron el éxtasis, sus gemidos retumbaron contra las paredes, y el ascensor se sacudió con los movimientos finales de Jake.

Permanecieron abrazados hasta recuperar el aliento. Después, Jake la ayudó a ponerse de pie, mientras le besaba las mejillas y los labios.

—¿Te he dicho ya que eres increíble? —preguntó, con una sonrisa.

Glynna le contestó con un beso apasionado, porque la intensidad de lo que habían compartido la había dejado sin habla.

Se vistieron a toda prisa, y Jake volvió a poner en marcha el ascensor. Segundos después, cruzaron el vestíbulo del banco de la mano y salieron a buscar un sitio para comer.

Dos calles más abajo encontraron un pequeño restaurante mexicano. Mientras esperaban la comida, Jake preguntó:

—Además de tener que soportar a Missy,

¿has encontrado algo interesante para el reportaje de los túneles?

—Sí. Hay mucho material. Es un sitio con historia y lleno de lugares interesantes —afirmó, mirándolo a través de la copa—. ¿Qué hacías en la galería? ¿Sueles visitarla para ver cómo van las cosas?

—No. He ido a llevar unas fotos nuevas. Las que te saqué a ti.

Ella soltó la copa y lo miró con detenimiento.

—¿Vas a exponer mis fotografías?

—Son mi mejor trabajo —dijo él con una sonrisa—. Terrence, el dueño, se ha quedado maravillado cuando se las he enseñado.

Glynna se llevó las manos al regazo para ocultar que estaba temblando.

—¿Cómo has podido hacer eso?

Jake frunció el ceño.

—¿Cómo no iba a hacerlo? Esas fotos son increíbles, Glynna. ¿Pretendías que las reservara para mí solo?

—Sí. Posé para ti, no para cualquier desconocido que pase por ahí.

—Esas fotos son muy especiales para mí. Pero quiero que todos vean lo especiales que son. Yo creía que te gustaba mi trabajo. Dijiste que era sensible y artístico.

Ella bebió un trago de agua fría y trató de mantener la calma.

—Tus fotos de otras mujeres son arte; las mías son otra cosa —declaró, obligándose a mirarlo—. Tienes que quitar mis fotos de tu exposición.

—Si te preocupa que alguien te reconozca, puedes estar segura de que es imposible. Tu cara está oculta, y nadie espera verte así.

Para Glynna, la idea de que nadie esperara que posara desnuda para su amante era casi tan dolorosa como la traición de Jake.

—ése no es el problema —dijo—. El problema es que has abusado de mi confianza.

—Soy fotógrafo. Me dedico a esto. Cuando te pedí que posaras para mí, supuse que sabías que usaría las fotos si me parecía oportuno.

—Posé para ti —insistió ella, con un nudo en la garganta—. Como una ofrenda. No para que me usaras —se puso de pie—. Si no entiendes la diferencia, no tiene sentido que siga hablando contigo.

Jake trató de alcanzarla, pero ella lo esquivó y corrió hacia la puerta. Tenía que salir de allí, alejarse de él antes de ponerse a llorar y de hacer el ridículo más de lo que ya lo había hecho.

Nick echó un vistazo para asegurarse de que no había nadie cerca y se metió en el despacho de Stacy. La había visto marcharse a comer hacía diez minutos y suponía que disponía de media hora antes de que regresara.

Se acercó al escritorio y empezó a registrar los cajones, buscando alguna pista para aventajarla en el juego. Lo había desafiado a descubrir qué era lo que quería de él, y estaba dispuesto a hacer trampa con tal de averiguarlo.

Frunció el ceño al ver que casi todo eran papeles de trabajo. Sin embargo, en el último cajón encontró algo que le llamó la atención. Entre el estuche de maquillaje, las chocolatinas y la laca de uñas, Stacy tenía un par de medias de repuesto. Nick no sabía para qué podía servirle la información, pero estaba seguro de que era una pista.

Cuando estaba a punto de cerrar el cajón, vio un libro en el fondo y lo sacó para ver de qué se trataba. Era una novela romántica, con el título impreso en letras doradas y la imagen de un vikingo apuesto y musculoso que sostenía a una rubia de grandes senos contra su pecho desnudo.

Nick sonrió y hojeó el libro. Al parecer, detrás de su actitud intelectual, Stacy escondía a una romántica empedernida.

En aquel momento oyó un ruido en el pasillo; devolvió el libro a su lugar y cerró el cajón. Cuando Stacy entró en el despacho, Nick estaba junto a la ventana, fingiendo que miraba el paisaje.

—¿Qué haces aquí, Nick?

Él se volvió y sonrió.

—Esperarte. ¿Has visto el artículo del Chronicle?

—¿Sobre el Texas Style? —preguntó ella, sonriendo y sacando un periódico del bolso—. ¿El que dice que Stacy Southern, la nueva editora, ha hecho un milagro al convertir a la aburrida publicación quincenal en una revista moderna y sensual? Sí, lo he leído.

—No olvides la parte que se refiere al vanguardismo de la dirección artística y al diseño atractivo y convincente ideado por Nick Castillo.

Ella soltó una carcajada.

—De acuerdo, el mérito también es tuyo.

—¿Lo ha visto Gordon?

Stacy negó con la cabeza.

—Al menos yo no se lo he enseñado. Pero, ciertamente, dudo que se queje cuando lo vea.

—¿Por qué no vamos a cenar esta noche para celebrarlo?

Ella arqueó una ceja.

—¿Sólo cenar?

—Empezaremos con la cena. Y después

veremos qué nos apetece de postre.

—No sé...

—¿Y que harás si no? ¿Tomar una copa de champán sola en tu piso?

Por la mueca de Stacy, Nick supo que había dado en el blanco.

—He reservado una mesa en el Realto —añadió.

—Está bien. Nos veremos en el restaurante.

—Pasaré a buscarte a las nueve y media.

—¿Sabes dónde vivo?

—Lo he buscado en la guía telefónica —contestó él, con una sonrisa—. He estado haciendo los deberes y he averiguado cosas muy interesantes sobre ti.

Mientras cenaban ostras con champán, Nick habló a Stacy sobre las ideas que tenía Jake para el reportaje fotográfico.

Ella lo escuchó atentamente, acariciando el pie de su copa con la yema de los dedos. Era un gesto inconsciente, pero resultaba extremadamente erótico. A medida que avanzaba la noche, la tensión sexual era cada vez más evidente.

Cuando les llevaron la cuenta, Stacy se negó a que Nick la invitara e insistió en pagar su parte de la cena. Él esperó a que el camarero los dejara solos para tomarla de la mano.

—¿Hasta dónde pretendes llevar todo esto, Stacy? Sabes que te deseo y que me deseas. ¿Por qué seguir prolongando esta tortura?

—Estás acostumbrado a conseguir a todas las mujeres que quieres, ¿verdad?

—Y las mujeres consiguen lo que quieren de mí —afirmó, besándole la muñeca—. Soy bueno en la cama. Créeme, no estoy fanfarroneando.

Ella lo miró con los ojos entrecerrados.

—Quiero algo más que eso, Nick.

—¿Qué es lo que quieres?

—Es lo que tienes que descubrir.

—¿Quieres que te lea la mente?

—Tienes que usar la cabeza para averiguar lo que me gusta. No debería ser tan complicado.

Él se echó hacia atrás y la contempló con detenimiento.

—Sé que disfrutas con las palabras y estoy seguro de que te gusta hablar mientras haces el amor. Te gusta que te digan lo que te van a hacer, cómo te van a hacer sentir.

A ella se le dibujó una sonrisa en los labios.

—Vas por el buen camino. ¿Qué más?

Nick recordó la novela romántica que había encontrado en su despacho, y pensó que tal vez la fantasía de Stacy era dejar de estar al mando y dejarse dominar por un hombre apuesto, como el vikingo de la portada de su libro.

La miró en silencio un largo rato hasta que finalmente se puso de pie y la forzó a levantarse de la silla.

—Vamos a mi casa —dijo.

—Me parece que no.

Él la tomó de las muñecas y la atrajo hacia sí.

—Yo creo que sí. Sé lo que quieres y pretendo dártelo.

Acto seguido, la besó apasionadamente. Había llegado el momento de dejarse llevar por el instinto.

Cuando levantó la cabeza, ella lo estaba mirando aturdida.

—Nick, yo...

—Vamos. Salgamos de aquí.

Sin soltarle las muñecas, Nick la llevó hasta el ascensor que conducía al aparcamiento y la abrazó por detrás, apretándose contra ella para que no tuviera dudas de lo mucho que la deseaba. Mientras el ascensor descendía le soltó las muñecas y le cubrió los senos con las manos.

—Quítate el sujetador.

Ella trató de apartarse.

—¡No!

Nick la retuvo y le mordisqueó el lóbulo de la oreja.

—Quítatelo y dámelo.

Durante un segundo, Nick creyó que se negaría otra vez. Sin embargo, ella se quitó la chaqueta, introdujo una mano bajo la blusa y se desabrochó el sostén. Después, se libró de los tirantes y le entregó la prenda.

Nick tomó el sujetador de encaje blanco y se lo guardó en el bolsillo de la chaqueta. Podía ver la sombra de los pezones endurecidos contra la seda de la blusa. Tragó saliva y respiró profundamente para tratar de mantener el control.

Evitó tocarla hasta llegar al coche. Antes de que Stacy cerrara la puerta, Nick se agachó y le metió una mano por debajo de la falda. Como suponía, llevaba puesto un liguero y un tanga de seda.

—Quítate esto también —le ordenó.

Ella movió la cabeza en sentido negativo y abrió la boca para protestar, pero él le introdujo un dedo por debajo del tanga e insistió:

—Quítatelo. Quiero ir a mi casa sabiendo que no llevas nada debajo de la ropa.

Sin dejar de mirarlo a los ojos, Stacy se quitó la ropa interior y se la dio. Nick estaba tan excitado que apenas podía soportar la presión de la tela de sus pantalones cuando se sentó en el asiento del conductor y puso en marcha el motor. Esperaba que el viaje hasta su piso le diera tiempo para relajarse un poco.

Por el camino hizo lo imposible para no pensar en la mujer que tenía al lado. Pero al mirar por el retrovisor descubrió que lo estaba mirando, con la boca entreabierta y acariciándose los pezones por encima de la blusa.

Gruñó y devolvió su atención a la carretera, apretando el volante con todas sus fuerzas.

—Creía que te gustaban los estímulos visuales –susurró Stacy, inclinándose hacia él.

Nick no dijo nada y mantuvo la vista en el camino hasta llegar a su casa. Después de aparcar, le dio las llaves.

—Es el 3G. Entra, quítate la ropa y ve al dormitorio.

Ella frunció el ceño.

—¿Y qué pasa si no quiero?

—Sé lo que deseas, Stacy. Siempre estás al mando, tomando decisiones y dando órdenes. Pero esta noche, yo tendré el control. Todo lo que tienes que hacer es seguir las instrucciones y disfrutar.

Ella se humedeció los labios.

—De acuerdo.

Nick la vio alejarse y se obligó a esperar

cinco minutos, imaginándola acostada en su cama, desnuda y esperándolo impaciente. Entró en su piso tratando de hacer el menor ruido posible y se quitó la ropa en el salón. Antes de entrar en el dormitorio la contempló desde la puerta y se estremeció al ver la belleza de su cuerpo.

Cuando ella lo miró, suspiró y dijo:

—Eres preciosa.

—Me siento ridícula.

—Pues no lo estás.

Con una sonrisa pícara, Nick sacó cuatro corbatas de su armario, se acercó a la cama, le tomó una muñeca y la ató al poste de la cama.

—¿Qué haces?

—Asegurarme de que vas a dejarme estar al mando —contestó él, atándole la otra muñeca.

Cuando terminó de atarla, Nick se acostó a su lado y le deslizó una mano por el estómago.

—¿Qué vas a hacer? —preguntó Stacy, mirándolo con recelo.

—Voy a hacerte el amor.

Nick le besó la comisura de los labios, la barbilla, el cuello y el esternón.

—Voy a hacerles el amor a tus senos —añadió.

Antes de que ella pudiera decir nada,

Nick le recorrió un pezón con la lengua, se lo introdujo en la boca y lo mordisqueó suavemente. Hizo lo mismo con el otro seno, lamiendo y absorbiendo hasta hacerla gemir con desesperación.

—Voy a hacerle el amor a todo tu cuerpo —continuó, besándole el estómago.

Stacy se arqueó en la cama, con los ojos cerrados y los rasgos suavizados por el deseo.

Nick levantó la cabeza y se estremeció al verla gozar con sus caricias. Se recostó junto a ella y la abrazó. La ternura que sentía mientras la acariciaba lo tomó por sorpresa. Jamás se había tomado el sexo tan en serio. No sólo quería buscar placer, sino que quería hacer que aquella noche fuera especial para ella. Quería demostrarle que era mucho más que un mero seductor y que supiera que no iba a hacerle daño.

La besó y acarició con devoción durante varios minutos, llevando la tensión al límite. Después, buscó un preservativo en la mesita de noche y se lo puso, mirando cómo Stacy lo observaba con los ojos llenos de pasión, la respiración entrecortada y una expresión jovial y relajada.

Se acomodó entre las piernas de Stacy y se introdujo en ella. Se le nubló la vista al sentir el calor y la suavidad que lo rodeaban. Estiró una mano, le buscó el clítoris y empezó a acariciarlo al compás de las acometidas.

Ella alcanzó el clímax rápidamente, y mientras gemía y se retorcía de placer, él la liberó de las ataduras. Stacy lo rodeó con los brazos y comenzó a besarlo con desesperación. La ternura de su gesto lo arrastró al orgasmo. Se estremecieron juntos hasta caer rendidos y satisfechos, abrazándose como si no quisieran separarse nunca más.

Capítulo quince

MIENTRAS miraba la pantalla del ordenador, Glynna pensó que el problema de huir de los problemas era que nunca se llegaba muy lejos. Cuando se había marchado del restaurante una semana atrás, más que de Jake, había tratado de escapar de su propia confusión emocional. Aunque le había dolido que considerara que las fotografías que le había hecho eran más arte que recuerdo, tenía que reconocer que Jake no la había engañado nunca.

Ella se había engañado sola al enamorarse de un hombre que había dejado claro que su trabajo era lo más importante en aquel momento. Jake se sentía atraído físicamente por ella, tal vez incluso sentía algo más profundo, pero no lo suficiente como para cambiar de idea sobre su viaje a Nueva York.

Sin embargo, él no era el único que podía poner su intereses profesionales en primer lugar. Glynna estaba segura de que el artículo sobre los túneles de Houston era uno de sus mejores trabajos. Ni siquiera su padre podría negar la calidad del texto. Con Jake fuera de su vida tendría más tiempo para trabajar en otras cosas. Y, de hecho, ya tenía una larga lista de ideas para nuevos reportajes.

En aquel momento, su padre la llamó por el intercomunicador.

—Glynna, ven a mi despacho inmediatamente.

Ella suspiró y se preguntó qué querría esta vez. Antes de salir de su despacho respiró hondo y se convenció de que tendría valor para plantarle cara. Iba a decirle que no podía seguir haciéndose cargo de resolver todos sus problemas y que, si no se lo pedía a los demás empleados, tampoco tenía por qué pedírselo a ella. Gordon era un hombre razonable y la respetaría por atreverse a decirle lo que pensaba.

Con aire decidido, fue hasta el despacho de su padre y llamó a la puerta.

—Pasa —gruñó él.

—¿Querías verme?

Glynna caminó hacia el escritorio, tratando de no parecer una niña preocupada y, sin esperar a que él la invitara a tomar asiento, se sentó frente a él.

Gordon la miró indignado y le alcanzó una pila de papeles.

—¿Qué significa esto, Glynna?

Ella reconoció las pruebas de imprenta de su último reportaje y carraspeó.

—Es el artículo que he escrito sobre los

subterráneos —contestó, obligándose a sostenerle la mirada—. Creo que ha quedado muy bien.

—¿En serio?

Gordon tomó las páginas y leyó en voz alta el comienzo del artículo. Ella estaba particularmente orgullosa de aquella presentación. No había escrito un inventario de tiendas y negocios, sino que había querido transportar a los lectores a un espacio único, con un relato entretenido y estimulante.

—¿Esto es lo que entiendes por periodismo? —bramó—. Parece literatura erótica.

Ella apretó los puños y se tragó la cólera. Estaba decidida a comportarse de manera razonable, aunque su padre no lo hiciera.

—He tratado de crear un ambiente especial y de guiar a nuestros lectores hacia la aventura. Ya pueden conseguir información sobre las tiendas y los servicios en los folletos de la cámara de comercio. Nosotros queremos darles algo más. Algo artístico.

—¡Basura! Nadie nos tomaría en serio si publicáramos tonterías como ésta. Los periódicos ya nos comparan con las revistas de pornografía.

—Creo que lo que dijo The Chronicle fue que éramos sensuales, atrevidos y modernos. Además, según tengo entendido, hemos conseguido nuevos suscriptores y anunciantes.

—También hemos perdido lectores y anunciantes. Personas y empresas que habían estado con nosotros durante veinte años.

En la voz de Gordon había algo más que rabia. Como si repentinamente se hubiera descorrido un velo, Glynna vio lo cansado y viejo que parecía su padre. Tal vez tantos cambios fueran demasiado para él.

—Estamos creciendo y cambiando —le dijo, con ternura—. ¿Tan malo es eso?

—Es malo cuando un periodista dice que mi hija es una redactora con estilo erótico y una mujer que sabe cómo jugar con la sensualidad y el doble sentido. ¿Es ésa la reputación que quieres tener?

Ella se puso colorada.

—Creo que estás exagerando.

—¿Eso es lo que crees? —preguntó él, mirándola fijamente—. Te recuerdo que, además de ser mi hija, eres mi empleada. A partir de hoy, salvo que yo lo autorice, no quiero que escribas más artículos para esta revista.

—¿Cómo? —exclamó ella, con el corazón en un puño.

—No quiero que sigas con esos reportajes. No quiero que sigas dañando tu reputación. Puedes escribir reseñas, si quieres. Y, desde luego, puedes seguir trabajando como mi ayudante.

A Glynna se le hizo un nudo en la garganta y se le llenaron los ojos de lágrimas por la frustración. Si hubiera tenido valor, le habría dicho que dimitía y que buscaría un empleo en una publicación donde valoraran su trabajo.

—Siento tener que hacer esto, Glynna —añadió él—. Pero te estoy dando una segunda oportunidad, algo que no haría por nadie.

La decepción que había en los ojos de su padre le partía el corazón. Se sentía igual que cuando tenía diez años y había copiado en el examen de matemáticas, esperando poder complacerlo con una buena nota. Por el contrario, la habían descubierto y castigado. Aunque el mayor castigo había sido saber que lo había defraudado.

—Ya puedes irte —dijo Gordon, dándose la vuelta.

Glynna corrió a la puerta. Tenía que salir de allí antes de ponerse a llorar. Estaba furiosa con él por ser tan injusto, y avergonzada por no haberse atrevido a plantarle cara. Empezaba a creer que nunca se ganaría el respeto de su padre y que ya no tenía sentido seguir intentándolo.

Jake aparcó la moto, apagó el motor y se quitó el casco. Después, se bajó del vehículo y, con la mochila al hombro, caminó hacia el ascensor. Ya no haría muchas visitas como aquélla a las oficinas del Texas Style. Había planeado dimitir una semana antes, pero Nick le había pedido que hiciera el reportaje gráfico del que tanto habían hablado. En cuanto entregara el material y terminara de resolver algunos asuntos que lo seguían vinculando a la revista, estaría libre para irse a Nueva York.

Al llegar al ascensor oyó un sonido extraño. Se detuvo a escuchar atentamente y le pareció que alguien estaba llorando. Echó un vistazo a su alrededor y vio que Glynna estaba desplomada en el asiento del coche, con las ventanillas bajadas y el motor apagado. Empezó a correr, angustiado ante la posibilidad de que alguien la hubiera atacado.

Ella lo vio acercarse y se enjugó las lágrimas con un pañuelo.

—Hola, Jake —dijo, mirándolo con recelo.

—Glynna, ¿qué pasa? ¿Estás bien?

—Sí.

—Pues no lo parece. ¿Por qué lloras?

—Por no matar a alguien.

—Si es por lo de las fotos que te saqué…

—¡No todo tiene que ver contigo!

—Tienes razón —reconoció, avergonzado—. ¿Y con quién estás tan enfadada?

—Con mi padre. Ha rechazado mi artículo sobre los túneles y ha dicho que, salvo que él lo indique, no quiere que escriba para la revista.

Jake no se lo podía creer.

—¿Por qué ha hecho eso?

—Porque no entiende nada —contestó, cubriéndose la cara con las manos.

Jake le puso una mano en el hombro, esperando que saliera del coche para poder abrazarla.

—Pero ¿qué problema tenía el reportaje?

—Ninguno. Creo que es una de mis mejores obras. Es creativo, sugerente y entretenido. Y él quiere que todo sea aburrido y conservador.

—¿Sabes lo que deberías hacer? —dijo él, con una sonrisa cómplice—. Enviar tu artículo al Upscale Houston.

Glynna abrió los ojos desmesuradamente. El Upscale Houston era el principal competidor del Texas Style.

—No puedo hacer eso.

—¿Por qué no? Gordon ha tenido su oportunidad y la ha desaprovechado. ¿Por qué vas a tirar a la basura un artículo del que te enorgulleces? No tienes ningún contrato de exclusividad, ¿verdad?

Ella negó con la cabeza.

—No. Nunca se me había ocurrido.

—Hazlo. Estoy seguro de que les encantará.

Glynna vaciló un momento y luego asintió.

—De acuerdo. Lo haré —afirmó, con una sonrisa—. Gracias.

—Me alegro de haber podido verte otra vez.

—No debería haberme ido del restaurante el otro día. Te debo una disculpa. Sé que no me engañaste con esas fotos. Yo di por sentadas cosas que no debía.

—Glynna, yo…

—No, dejémoslo así —dijo, encendiendo el motor del coche—. ¿Cuándo te vas a Nueva York?

—Pronto. Aún tengo cosas que hacer aquí.

—Tal vez nos veamos antes de que te marches.

—Seguro que sí.

Antes de que Jake pudiera decir algo más, ella pisó el acelerador.

—¡Espera! —grito él.

Pero Glynna no lo oyó, o fingió que no lo oía. Jake la miró alejarse, con el corazón en un puño. No había podido explicarle lo de las fotografías ni hacerle entender lo verdaderamente especial que era para él.

Cinco minutos después, Jake le entregó a Nick las fotos del reportaje que le había encargado. El director artístico contempló las imágenes con fascinación.

—Es un material excelente —dijo—. Ojalá pudieras hacer más cosas así para nosotros.

—No me puedo creer que hayas conseguido convencer a Stacy para hacer este reportaje. Estaba seguro de que se negaría en redondo.

—Oh, Stacy y yo nos entendemos...

Nick comenzó a jugar con algo que parecía una piedrecita azul. Jake la observó con detenimiento y se dio cuenta que era el botón de una chaqueta de mujer. De repente comprendió a qué clase de entendimiento se refería el director artístico.

Cuando Nick levantó la vista, ocultó su curiosidad.

—He oído que Gordon ha rechazado el artículo de los túneles.

—Sí. Vamos a sustituirlo con las fotos que me has traído.

—¿Qué ha dicho Stacy?

—Quería dimitir, pero la he convencido de que es mejor hablar con Gordon. Han tenido una charla y él ha accedido a que se publique un reportaje sobre los túneles, siempre que no lo escriba Glynna.

—¡Eso es absurdo! —exclamó Jake, furioso—. Glynna es la mejor redactora de la revista.

—Sí, pero también es su hija, y creo que no soporta que asocien a su niñita con el sexo.

—Ya va siendo hora de que asuma que es adulta.

Nick soltó una risita nerviosa.

—Tengo que reconocer que jamás me había parecido una mujer ardiente, pero al leer lo que escribe ahora es inevitable sentirse afectado por sus palabras. Tú no tendrás nada que ver con esto, ¿verdad?

—¿Qué quieres decir?

—No sé. Tengo la impresión de que ha pasado algo entre Glynna y tú.

Jake desvió la mirada.

—¿Qué pasó? —insistió Nick.

—Nada —respondió, levantando la mochila—. Sólo que yo me voy a Nueva York, y ella se queda aquí. Decidimos separarnos de común acuerdo y seguimos siendo amigos.

—¿Y cuándo te marchas? Espero que no antes de que saquemos un par de números más de la revista.

—Lo dudo. Tenía planeado llegar a Nueva York la semana pasada, pero estaba muy liado con el trabajo. Y la verdad es que necesito terminar e irme cuanto antes.

—Pero no te apresures a recoger tus cosas —dijo Nick—. Como te he dicho antes, nos encantaría encontrar una forma de hacer que te quedaras. En cualquier caso, te deseo mucha suerte en Nueva York.

Se estrecharon la mano y Jake salió del pasillo rumbo a los ascensores. Pasó por el despacho de Glynna y, como suponía, estaba vacío. Al ver el escritorio no pudo evitar recordarla desnudándose para él. Aquel día lo había sorprendido y le había robado un poco más el corazón. Nunca le había dicho lo especial que era para él.

Se le hizo un nudo en la garganta. Lamentaba muchas cosas de su relación con Glynna, pero lo que más lamentaba era tener que dejarla.

Capítulo dieciseis

STACY se detuvo delante del despacho de Gordon y respiró hondo. Lo que más odiaba de su trabajo era tener que lidiar con él, pero no podía negar que el desafío valía la pena.

Llamó a la puerta, y él la invitó a pasar con uno de sus típicos ladridos.

—¿Qué pasa, Stacy?

Se sentó frente a él.

—Quería hablar contigo sobre el próximo número. Quiero seguir con la serie de lugares especiales de Houston.

Gordon volvió su atención a los papeles con los que estaba trabajando.

—Acordamos que seleccionarías el contenido editorial, y, a pesar de mis reservas, mantengo lo dicho.

—Debes reconocer que los cambios que hemos hecho han sido abrumadoramente positivos.

Él gruñó y le dio un golpecito al informe que tenía enfrente.

—Aquí dice que Mason Banking ha cancelado su contrato de publicidad. Hacía veinte años que trabajaba con nosotros.

—Hemos conseguido otros anunciantes, que están interesados en el nuevo tipo de lectores al que estamos llegando —dijo, inclinándose para echar un vistazo al informe—. También verás que pone que Glory Clothing ha contratado la contraportada a todo color para los próximos tres meses. Lo que pagará por un trimestre es mucho más de lo que Mason Banking pagaba al año.

Gordon frunció el ceño.

—Me imagino que llenarán la página de adolescentes a medio vestir con aspecto de estar recién salidos de la cama.

Stacy sonrió para sí. Tal vez, todo lo que Gordon necesitaba para cambiar de actitud era una novia.

—Sobre el reportaje de portada para el próximo numero, he pensado en lanzar una serie sobre distintos barrios, empezando por Montrose.

—Está bien. Te he dicho que no iba a objetar tus propuestas. Aunque creo que es bueno volver a un tema con contenidos de redacción. Las cosas artísticas, como el reportaje fotográfico de este número, están bien muy de vez en cuando, pero nada más.

Ella asintió, inmutable. El trabajo de Jake había obtenido las mejores críticas; ya se hablaba de posibles premios a la calidad y la creatividad para la revista, e incluso se decía que el Upscale Houston pensaba copiar la idea.

—¿Necesitas algo más? —preguntó Gordon—. Esta mañana estoy muy ocupado.

—No te robaré mucho tiempo. Iré al grano: necesito que Glynna escriba el artículo de Montrose.

—De ninguna manera.

—Es nuestra mejor redactora. De hecho, su artículo sobre los túneles era muy bueno, y merece ser publicado.

—Creo que ya dejado muy claro ese tema.

—Sé perfectamente lo que opinas, pero no por qué —dijo Stacy, poniéndose de pie—. Gordon, sé que Glynna es tu hija, pero también es una mujer adulta y una redactora con mucho talento. Que mencione la palabra «sexo» en un artículo no significa que esté escribiendo pornografía.

Él negó con la cabeza.

—No es bueno para su reputación que la asocien con artículos de orientación sexual.

Stacy no se lo podía creer. La situación era tan cómica que esa vez no pudo evitar sonreír.

—Estamos en el siglo XXI, no en la Inglaterra victoriana. Glynna es adulta y no necesita que cuides de su imagen.

—Soy muy consciente de la edad de Glynna, y no me miento creyendo que vive como una monja. Pero la reputación de una joven sigue siendo importante, y no querría que la manchara por un trabajo sensacionalista. Además, no quiero que vuelva a trabajar con ese fotógrafo.

—¿Missy Thorpe? —preguntó Stacy, simulando ingenuidad—. No te preocupes. No quiere trabajar con ella.

—He dicho fotógrafo, no fotógrafa. Y hablaba de ese motociclista rubio. Jack.

Stacy estaba segura de que Gordon sabía perfectamente cómo se llamaba el motociclista rubio. De hecho, debía de saberlo todo sobre Jake.

—Si te refieres a Jake Dawson, puedes estar tranquilo. Desafortunadamente, no estará mucho más tiempo con nosotros. Pronto se va a Nueva York.

—Mejor así. Es la clase de tipo que trastorna a las mujeres.

—Creo que no estás siendo muy justo con Glynna. Siempre ha demostrado ser muy sensata.

Stacy sabía que se estaba acercando demasiado al límite, pero no podía detenerse. Glynna era su amiga y merecía algo mejor. Y la revista merecía que su mejor redactora trabajara en el reportaje de portada.

—Por supuesto que es sensata. Es mi hija y le he enseñado bien. Aunque también la he protegido mucho, tal vez demasiado.

—Sé que estás preocupado, pero no tienes que preocuparte por ella.

Gordon la miró a los ojos.

—Puedes creer que soy sobreprotector, pero siempre me he tomado muy en serio la responsabilidad de criar a una hija.

—En ese caso, ¿por qué la tratas como a una niña tonta? —preguntó Stacy, poniéndose de pie—. Criticas mucho más lo suyo que lo de cualquiera. Le das más trabajo que al resto de los empleados y esperas que siempre esté a tu disposición.

—Bajo mi tutela, Glynna ha aprendido todos los aspectos del funcionamiento de esta revista. Está preparada para dirigirla si me pasa algo. Y en cuanto a mis críticas hacia su trabajo, siempre la insté a dar lo mejor de sí. Gracias a mí, se distingue en un campo muy competitivo.

—¿Se lo has dicho alguna vez?

Él se puso tenso.

—No quiero que se le suba a la cabeza.

—Sé que no me has pedido consejo, y es probable que me pase de la raya —le advirtió Stacy—. Pero necesitas mirar bien a tu hija y descubrir lo maravillosa que es. Necesita que lo reconozcas y que se lo digas. Porque si no, otra publicación podría valorar su talento y llevársela. No tendrías a tu mejor redactora ni a tu ayudante personal, y hasta podrías quedarte sin hija.

—Creo que ya has dicho suficiente.

—Estoy de acuerdo.

Ella se levantó, y ya había salido cuando la voz de Gordon la detuvo.

—Stacy, quiero que sepas que aunque no comparto lo que dices, valoro que tengas la convicción suficiente para decirlo. En esta época, pocas personas defienden lo que creen.

—Gracias, Gordon, pero resérvate los elogios para Glynna. Necesita oírlos.

Stacy se apresuró a salir antes de que la furia o las lágrimas se apoderaran de ella. Necesitaba encontrar a Nick. Era la única persona con la que podía relajarse. Con Nick podía ser vulnerable sin sentirse débil. De todas las cosas que había conseguido por trabajar en el Texas Style, encontrarlo a él había sido lo mejor.

Glynna se desplomó en su silla y miró el ramo de dalias que le habían enviado por la mañana. La exótica flor silvestre que había declarado como su favorita aquella mañana en la lancha. La mañana en que había empezado todo.

No llevaban tarjeta, pero no la necesitaba para saber quién las había enviado. Lo que no alcanzaba a entender era por qué le enviaba flores cuando la relación entre ellos se habían terminado. Se dijo que tal vez era una forma de pedirle disculpas. No había vuelto a verlo desde el día que la había encontrado llorando en el aparcamiento, hacía más de una semana. A la mañana siguiente había hecho caso a su sugerencia y había enviado el artículo de los túneles al Upscale Houston. Aquel pequeño acto de rebeldía la había llenado de satisfacción, como si de repente hubiera decidido cambiar de nombre y mudarse a otra ciudad. Se dijo que debería llamarlo para agradecerle las flores y la forma en que la había animado, y aprovechar la excusa para hablar con él una vez más antes de que se marchara de la ciudad.

Si le dolía tanto el corazón sólo con pensar en que se iría pronto, prefería no imaginar cómo se sentiría cuando ya se hubiera marchado.

Incapaz de concentrarse en el trabajo, Glynna salió a comer. Eligió su restaurante favorito y se sentó en una mesa junto a la ventana, forzándose a mirar hacia la calle e inventarse historias sobre la gente que pasaba. El ejercicio mejoró ligeramente su humor, pero el mensaje de Gordon que la esperaba al regresar volvió a dejarla abatida.

Ven a mi despacho a la una y media, decía la nota.

Glynna frunció el ceño, tratando de figurarse qué nuevo cometido le asignaría y cuál sería la excusa para administrarle la dosis diaria de crítica a la que la sometía desde pequeña.

En ocasiones fantaseaba con la posibilidad de buscar otro trabajo, pero enseguida descartaba la idea, consciente de que la habían criado para trabajar en el Texas Style.

Guardó el bolso en su escritorio, tomó una libreta y un bolígrafo y fue al despacho de su padre, prometiéndose que le plantaría cara y le diría que quería volver a escribir artículos y trabajar en algunos de los reportajes de investigación que tenía en mente.

Al verla entrar, Gordon le indicó que cerrara la puerta y tomara asiento. Se sentó delante de él, se cruzó de brazos y lo miró atentamente. Por lo menos había cambiado algo. Un par de meses atrás se habría sentado con la cabeza gacha, esperando una reprimenda.

Gordon dejó a un lado la carpeta que estaba mirando, dejó el bolígrafo en la mesa y bebió un trago de café, evitando mirarla.

Glynna no se lo podía creer. Su padre estaba particularmente inquieto, como si estuviera nervioso, algo muy inusual en él.

—¿Pasa algo? —preguntó.

Al final, él la miró.

—¿Te parece que te trato con demasiada dureza?

La pregunta la dejó boquiabierta.

—Esperas demasiado de los demás.

—Pero siempre espero más de ti. No lo voy a negar. Reconocí tu talento cuando eras pequeña y supe que se te podía sacar mucho partido.

Glynna estaba tan impresionada que no podía mirarlo a la cara.

—¿Crees que tengo talento?

—Tienes un talento enorme. No te lo decía porque no quería que te durmieras sobre los laureles. Incluso los mejores tienen que esforzarse para mejorar.

—Jamás me importó tener que trabajar duro. Pero para mí habría significado mucho que me dijeras que te gusta mi forma de escribir.

—Ahora veo que me equivoqué al privarte de elogios —reconoció—. Mi única excusa es que, según mi experiencia, el mundo de los negocios es un lugar donde rara vez se dan palmaditas en la espalda. Intentaba darte las herramientas necesarias para sobrevivir en ese ambiente.

A ella se le hizo un nudo en la garganta.

El hombre que tenía enfrente era el padre que había tenido de pequeña, antes de que se encerrara en sí mismo tras el fallecimiento de su mujer.

—¿Qué más no me has dicho?

Gordon bajó la vista y deslizó el pulgar por el borde de la mesa.

—¿Entiendes por qué me negué a publicar tu reportaje sobre los túneles?

—Creía que no te gustaba la forma en que estaba escrito. Dijiste que parecía literatura erótica.

Él frunció el ceño.

—Me preocupaba que afectara a tu reputación.

—No lo entiendo.

—Ese reportaje, con ese tono sexual, justo después de los de La Paloma y el canal de Houston, te habría puesto la etiqueta de redactora obsesionada con el sexo.

Glynna apretó lo labios para no sonreír. Era una situación conmovedora y ridícula a la vez.

—¿Tienes algún problema con el sexo?

Gordon se ruborizó.

—No. Pero hay un tiempo y un lugar para cada cosa, y no creo que una jovencita...

—Tengo veintiséis años, papá —replicó, con una sonrisa burlona—. Y no sólo he mantenido relaciones sexuales, sino que las he disfrutado mucho.

Glynna no pudo evitar preguntarse si alguna vez volvería a disfrutar del sexo tanto como lo había hecho con Jake.

Para entonces, su padre estaba rojo como un tomate.

—Sé que lo dices para escandalizarme —dijo—. Pero necesito que entiendas que para un padre no es fácil aceptar que su niña ya es toda una mujer. Y menos cuando la ha criado solo. Me asusta verte madurar y cambiar.

Ella alargó un brazo y lo tomó de la mano. Podía imaginar lo mucho que le había costado reconocer su inquietud.

—Que crezca no significa que me vaya a alejar de ti —afirmó—. Y los cambios no siempre son para peor.

Él asintió.

—Últimamente he estado pensando mucho, y puedo ver que me he equivocado con algunas cosas. Aunque mis intenciones eran buenas, tú cargabas con el peso de mis errores.

Eran palabras muy nobles, pero Glynna no acababa de entender adónde quería llegar con semejante declaración y decidió esperar a ver qué más pensaba decirle.

Gordon carraspeó y añadió:

—He decidido contratar a un ayudante. Tú

no deberías ocupar ese puesto. Sinceramente, es un desperdicio de talento.

Ella lo miró detenidamente, tratando de dilucidar si aquello era bueno o malo. Nunca le había gustado ser su esclava, pero temía que significara que ya no quería tenerla cerca.

—No sé qué decir.

—También he decidido pedir tu ingreso en nuestra junta directiva. Así tendrás una visión más clara y directa de los asuntos de la empresa.

Glynna se quedó sin aliento. Se había convencido de que no tendría un cargo de dirección en la revista hasta que Gordon se retirara.

—Me siento muy honrada...

—Finalmente, he decidido, y de hecho, Stacy lo ha exigido, que vuelvas tu puesto de redactora jefe. Y quiero que tu artículo sobre los túneles se publique en la portada del próximo número.

Glynna sintió que se le paraba el corazón. Se puso pálida y tuvo que agarrarse a la silla para no caerse.

—¿Qué te pasa? —preguntó su padre, preocupado—. ¿Te encuentras mal?

Ella no podía mirarlo a la cara. Apretó los puños y trató de recuperar la calma.

—Cuando te negaste a publicar el artículo, pensé que era demasiado bueno para tirarlo a la basura y lo envié a otra revista.

—¿A qué revista?

—Al Upscale Houston.

La respuesta de Glynna estuvo seguida por un silencio sepulcral. Se aferró a los reposabrazos de la silla hasta que los nudillos se le pusieron blancos y se obligó a levantar la cabeza para mirarlo.

—¿Y qué te han dicho? —preguntó su padre.

—Que lo van a publicar en el próximo número.

Gordon se puso de pie y avanzó hacia ella.

—Así que en cuanto me negué a publicar el artículo decidiste vengarte de mí, enviándoselo a nuestro principal competidor. No te importó que estuviera tratando de evitar que cometieras un error. ¿Cómo has podido traicionarme de esa manera? Esperaba más lealtad de tu parte.

En otra época, semejante crítica la habría destrozado, pero los riesgos que Glynna había corrido en su vida personal durante los últimos meses le habían dado más confianza y seguridad. La furia contenida durante años estalló ante las duras palabras de Gordon. Se puso de pie y lo miró a los ojos.

—Dijiste que querías el reportaje, pero que no querías que lo escribiera yo.

Al verlo retroceder, Glynna sintió que estaba ganando la batalla. Al menos, la que había librado contra su propia cobardía.

—Trataba de protegerte —dijo él.

—No necesito que me protejas. Ya no soy una niña indefensa.

—No. Ni tampoco eres la hija que crié.

Sin decir una palabra más, Gordon se dio la vuelta. Ella le miró la espalda. Se moría por gritarle que se volviera, pero comprendió que no valía la pena. Durante muchos años había intentado ser la hija que él quería hasta que, unos meses atrás, había descubierto que sólo sería feliz si era ella misma; ni una dama de la alta sociedad ni una empresaria despiadada ni una hija abnegada: sólo Glynna, con todos sus defectos y virtudes.

Se volvió y salió corriendo del despacho. En el pasillo tropezó con Jake, que la retuvo entre sus brazos.

—Glynna, ¿qué pasa?

No podía hablar con él en aquel momento. No cuando estaba sufriendo un infierno y estar con él sólo serviría para recordarle que debían separarse.

—Nada —dijo, apartándose.

Después, corrió a su despacho, cerró la puerta con llave y se permitió llorar por todo lo que podría haber sido y no era. Con su padre y con Jake.

Jake pensó en seguir a Glynna. Se preguntaba qué le habría pasado para que estuviera tan alterada. Miró por el pasillo y comprendió que acababa de salir del despacho del director. Sólo su padre era capaz de enfadarla tanto. Apretó la mandíbula y decidió tomar cartas en el asunto.

Entró en el despacho de Gordon sin llamar. El director estaba desplomado en la silla, detrás del escritorio, con la cabeza entre las manos. Al oírlo entrar, se enderezó y preguntó:

—¿Qué quieres?

—¿Qué ha pasado con Glynna? ¿Por qué ha salido tan alterada?

—No es asunto tuyo.

Jake apoyó las manos en el escritorio y se echó hacia delante. Si Gordon hubiese sido más joven, lo habría golpeado sin dudarlo.

—Alguien tiene que preocuparse por ella, ya que, obviamente, tú no lo haces.

—No sabes nada de mi hija ni de mí. Sal de mi despacho ahora mismo.

Jake negó con la cabeza.

—No pienso irme hasta que me digas por qué estaba tan enfadada. ¿Qué le has dicho o qué le has hecho para que se ponga así?

—Yo no le he hecho nada. Ha sido ella la que le ha vendido un reportaje a la competencia.

Jake se sintió decepcionado al darse cuenta de que Glynna no le había dicho que el Upscale Houston había comprado su reportaje.

—¿El de los túneles?

Gordon lo miró con recelo.

—¿Cómo lo sabes?

Jake se enderezó.

—Me alegro por ella. Es un artículo excelente.

—¿Cómo sabías que se lo había enviado?

—Fui yo quien le sugirió que lo hiciera.

—¿Cómo?

—Tu lo rechazaste. Lo iba a tirar a la basura, y le recordé que no dirigías todas las revistas de la ciudad. Era una buena historia que merecía ser publicada, y Glynna se merecía el reconocimiento por el trabajo que había hecho.

—¿Qué relación tienes con mi hija?

Jake no sabía qué contestar. Ya no eran amantes, pero seguían siendo mucho más que amigos.

—Me preocupo por ella —dijo, finalmente—. No me gusta verla sufrir.

—No tienes por qué preocuparte por ella.

—Alguien tiene que hacerlo, ¿no te parece?

Gordon se levantó de la silla y, con la cara

enrojecida por la furia, le gritó:

—¡Estás despedido! ¡Sal de aquí ahora mismo!

—No puedes despedirme, porque ya he dimitido.

Acto seguido, Jake se dio la vuelta y se marchó, temeroso de lo que podría llegar a hacer si se quedaba más tiempo.

Sentía que la cabeza le iba estallar por pensar que Glynna había crecido con un hombre como su padre, por pensar que la estaba dejando sola con él. La idea le retorcía el estómago. Corrió a su despacho y empezó a vaciar los cajones de su escritorio en una caja. Tenía que salir de allí antes de que las cosas empeoraran.

Un ruido en la puerta lo detuvo. Se volvió y se sorprendió al ver a Glynna. Había dejado de llorar, pero aún tenía los ojos enrojecidos.

—¿Qué haces? —preguntó ella.

—Me voy.

—¿Ahora?

—Es mejor así.

Gordon le había dejado claro que no quería tenerlo cerca.

—¿Así que te vas?

—Sí. Cuanto antes salga de aquí, mejor.

Ella lo miró un momento; después se dio la vuelta y se marchó. Jake la miró alejarse y pensó en ir a consolarla, pero decidió que no debía hacerlo. Glynna seguía muy molesta con su padre y tal vez necesitaba estar sola.

Cuando terminó de vaciar el último cajón, se dijo que, de todas maneras, tendría que haberlo hecho mucho antes. Ya había postergado el viaje a Nueva York dos semanas, diciéndose que necesitaba terminar con los encargos y arreglar sus asuntos personales. Sin embargo, lo cierto era que se había estado cuestionando la partida. Nueva York había sido su objetivo durante mucho tiempo, y cuando por fin lo tenía al alcance de la mano, ya no le parecía tan atractivo. En Houston tenía clientes, una galería interesada por su trabajo, amigos…

Nueva York tenía muchas cosas, pero no tenía a Glynna. Aunque le doliera reconocerlo, ella era el verdadero problema. Siempre se había enorgullecido de no permitir que ninguna mujer se interpusiera en el camino de sus deseos. Y de repente, la mujer más inesperada le había robado el corazón.

Capítulo diecisiete

CUANDO Stacy salió de trabajar a las seis, fue directamente al piso de Nick. Siempre había querido preguntarle cómo se las arreglaba para salir a las cinco, pero seguiría con la intriga, porque aquel día tenía cosas mucho más importantes en mente.

Al ver el coche aparcado junto al edificio, supo que Nick estaba en casa. Estaba tan ansiosa que apenas podía esperar a que le abriera la puerta. Sin embargo, cuando lo vio aparecer con el pecho desnudo, unos vaqueros desgastados y los pies descalzos, se quedó sin aliento y se olvidó de todo lo que tenía pensado decir.

Él sonrió, con una complicidad que la hizo estremecer.

—Qué agradable sorpresa —dijo.

Sin darle tiempo a reaccionar, Nick la tomó de la mano, la atrajo hacia sí y la besó apasionadamente. Ella lo abrazó y se apretó contra su pecho, sintiendo que el calor que la recorría le derretía los huesos. Cuando estaba con él, se olvidaba de todo lo demás. Y aquella sensación de entrega le resultaba tan atractiva como peligrosa.

Se obligó a apartarse de él y se aferró al respaldo de una silla para no caerse.

—Ahora no tenemos tiempo para esto, Nick.

—¿Cómo? —preguntó él, tomándola de la cintura—. Siempre tengo tiempo para ti, preciosa.

A Stacy se le paró el corazón al oírlo hablar así. No obstante, había ido a hablar con él. Lo tomó de los brazos, tratando de que la soltara.

—No creas que no me apetece, pero ahora mismo tenemos algo más importante que hacer.

—¿Qué puede ser más importante?

Nick inclinó la cabeza y le mordisqueó el cuello. Ella reprimió un gemido y se echó hacia atrás.

—Hay cosas más importantes que el sexo.

—Lo que hay entre nosotros es mucho más que sexo, y lo sabes.

A ella se le hizo un nudo en la garganta. Volvió a acercarse a él y durante un segundo se rindió al exquisito placer de su boca. Cuando estaba con él no sólo se sentía gratificada físicamente. Era algo más profundo: Nick la entendía.

—Tenemos que ayudar a Glynna y a Jake

—murmuró, mientras él le acariciaba los senos.

Nick levantó la cabeza y frunció el ceño.

—¿Qué pasa con ellos?

Stacy aprovechó la distracción para apartarse.

—No estoy segura. Mi despacho está tan cerca del de Gordon que oigo sus gritos todo el tiempo. Esta tarde he oído que Glynna discutía con él y salía muy enfadada. Después he oído a Jake y a Gordon discutiendo a gritos.

—¿Sobre qué?

—Al parecer, cuando Gordon vetó el artículo sobre los túneles, Glynna se lo vendió al Upscale Houston.

—Bien por ella.

—No me alegra haber perdido el reportaje, pero no la culpo. Merecía ser publicado, y ella necesitaba que alguien reconociera el valor de su trabajo. Que es básicamente lo que Jake le ha dicho a Gordon.

—Miedo me da preguntar por la reacción del jefe…

—Ha despedido a Jake.

Nick sacudió la cabeza.

—De todas formas, estaba a punto de marcharse.

—Y si se marcha, es idiota.

Nick dio un paso atrás, sorprendido por la

vehemencia del comentario.

—¿Qué quieres decir? Jake tiene una oportunidad muy importante en Nueva York. Sería estúpido si no la aprovechara.

—No habría salido en defensa de Glynna si ella no le importara. Y sé que a Glynna le importa Jake.

—¿Cómo lo sabes? Jake me comentó que habían tenido una aventura, pero dejó muy claro que pertenecía al pasado. Lo que hayan tenido está terminado.

—Nada de eso —afirmó ella, mirándolo a los ojos—. Los he visto juntos; he visto cómo se miran. Se siguen deseando, pero están demasiado asustados para reconocerlo.

Nick sonrió con ternura.

—¿Alguna vez te han dicho que debajo de esa dura coraza tienes un corazón blando?

—No, y no se lo digas a nadie o dañarías mi reputación —bromeó Stacy, acariciándole el pecho—. ¿Vas a ayudarme?

—¿Qué se supone que tenemos que hacer? ¿Secuestrarlos y encerrarlos juntos en una habitación?

—No es mala idea, pero antes tengo algo menos drástico en mente.

—¿Qué?

—Podemos tratar de hablar con ellos. Ya sabes, la vieja y conocida comunicación.

—Siempre he sido un fanático de la comunicación sin palabras —declaró Nick antes de besarla.

—Conozco tus artes y tu desdén por las palabras.

Nick soltó una carcajada.

—De acuerdo. Lo haremos a tu modo. Espera que me vista.

—Date prisa.

Antes de llegar al dormitorio, Nick se detuvo y se volvió para mirarla.

—Sólo quiero saber una cosa.

—¿Qué?

—Sé que Glynna es tu amiga, pero ¿por qué te interesa tanto ayudarla a que se reconcilie con Jake?

Ella se ruborizó, pero le sostuvo la mirada.

—Porque quiero que tenga lo que yo tengo contigo.

Otro hombre se habría aterrorizado o se habría reído de sus palabras; Nick, en cambio, la miró con intensidad y dijo:

—Sé a qué te refieres.

Glynna se sobresaltó cuando oyó el timbre. No quería ver a nadie. No cuando tenía los ojos hinchados de tanto llorar y la blusa llena de chocolate, por haber intentado comerse un helado cuando no podía dejar de sollozar.

El timbre volvió a sonar con insistencia. Se limpió la nariz y se secó las lágrimas. Siguió sin hacer caso hasta que el visitante empezó a golpear la puerta. Por la fuerza con que lo hacía, Glynna supo que era un hombre y sintió que el corazón le daba un vuelco al pensar que podía tratarse de Jake.

—Glynna, abre. Sabemos que estás ahí.

Al oír la voz de Stacy, Glynna fue hasta la puerta y se asomó por la mirilla. Entonces descubrió que su amiga no estaba sola; Nick estaba con ella.

Con un suspiro, quitó la cadena y abrió, ocultando la cabeza con la esperanza de que no vieran que había estado llorando.

—¿Que hacéis aquí?

—Hemos venido a ver si estabas bien —dijo Nick.

—Y a tratar de hacerte entrar en razón —afirmó Stacy, pasando por delante de ellos—. Mira cómo te has puesto la ropa. El chocolate no alivia las penas; sólo engorda. ¿Qué ha pasado para que te enfadaras tanto? Te he oído discutir con tu padre.

—Ahora sabes la verdad —dijo Nick, llevándola al sofá—, Stacy es una cotilla.

La editora los siguió.

—No he podido evitarlo; estabais gritando y mi despacho está pegado al tuyo.

Glynna asintió y miró a Nick.

—Está bien. El cotilleo es una de las debilidades de los periodistas. No podemos evitarlo. Es parte de nuestra esencia.

Él asintió.

—Te endiento perfectamente. Los artistas somos unos mirones.

A Glynna se le hizo un nudo en el estómago al recordar aquellas palabras en boca de Jake.

—Tengo entendido que Gordon se ha enfadado porque vendiste el artículo de los túneles al Upscale Houston.

—No sé si puedo culparlo. Es su principal competidor. Entiendo por qué cree que lo he traicionado.

—Eso es ridículo. Él lo había rechazado, y el artículo era demasiado bueno para quedarse sin publicar.

—Jake opina lo mismo —dijo ella, secándose las lágrimas—. Me duele que mi padre siempre piense lo peor de mí.

—No sólo de ti —puntualizó Nick—. Gordon es un pesimista integral.

Stacy se sentó al lado de Glynna y la tomó de la mano.

—Sé que has crecido en la revista y que ha pertenecido a tu familia durante decenios, pero ¿no has pensado en la posibilidad de trabajar en otra parte?

Ella se mordió el labio y trató de no llorar.

—Supongo que ahora no tendré más remedio. Mi padre me ha echado.

—Tienes talento suficiente para trabajar en cualquier sitio —afirmó Nick—. Conozco gente en muchas revistas y estaré encantado de recomendarte.

—Yo también puedo hacer unas cuantas llamadas —dijo Stacy—. Podría venirte bien, para apartarte del dedo acusador de tu padre y averiguar por ti misma lo que eres capaz de hacer.

—Jamás me había cuestionado lo que quería hacer. Desde que tengo uso de razón, siempre di por supuesto que trabajaría en el Texas Style.

—Y aún puedes hacerlo —declaró su amiga.

—Tal vez puedas aprovechar para ver cómo se hacen las cosas en otros lugares y llevar esa experiencia al negocio familiar.

Glynna asintió. Lo que decían tenía sentido; sólo tenía que encontrar el valor necesario para hacerlo. Pero la valentía parecía haberla abandonado. Al parecer, la había invertido toda en seducir a Jake.

Le bastó con recordar su nombre para romper a llorar una vez más. Avergonzada, hundió la cabeza entre las manos. Stacy la abrazó y trató de consolarla.

—¿Qué pasa, Glynna? ¿Qué es lo que

tanto te angustia?

Ella sacudió la cabeza. Stacy era una mujer sofisticada y decidida, que probablemente nunca había tenido problemas con los hombres. No podía hablarle de sus problemas con Jake, se burlaría de ella.

Sin embargo, Stacy la conocía más de lo que imaginaba.

—Es por Jake Dawson, ¿verdad?

Glynna carraspeó y la miró sorprendida.

—¿Por que lo dices?

—Jake y tu padre también se han dicho unas cuantas cosas esta tarde —dijo Nick, cambiando de lugar en el sofá—. Sobre ti.

—¿Jake y mi padre han discutido por mí?

Stacy asintió.

—Al parecer, Jake ha oído o ha imaginado lo que había pasado entre Gordon y tú, y se ha enfrentado a él. Ha defendido tu decisión de vender el artículo y le ha dicho unas cuantas cosas por no tratarte mejor.

A ella se le aceleró el corazón.

—¿De verdad?

La editora sonrió.

—Le ha dicho que se preocupa por ti y que no va a permitir que te hagan daño.

—¿Y qué ha hecho mi padre?

—Despedirlo.

Glynna frunció el ceño.

—Pero si se va de todas formas…

—Ya lo sé. No tiene sentido —dijo Nick.

—Así que cuando lo he visto vaciando su despacho...

—¿Qué otra cosa podía hacer? —preguntó Stacy.

—Supongo que no importa —sollozó Glynna—. De todas formas se irá a Nueva York en unos días.

—No estoy tan seguro —opinó Nick.

Glynna lo miró atentamente.

—¿Qué quieres decir?

Él se encogió de hombros.

—Ha estado retrasando el viaje por cosas absurdas. Según tengo entendido, su amigo lo esperaba hace dos semanas.

—Supongo que tendría cosas que hacer. Encargos que cumplir, cuentas que cerrar y cosas así.

—Yo creo que cierta morena lo está reteniendo —dijo Stacy.

Glynna quería creerlo, pero no podía.

—Jake siempre ha soñado con ir a Nueva York y no permitirá que nada se interponga en su camino.

Stacy resopló con frustración.

—Sé que no es asunto mío, pero necesito saber qué pasa entre vosotros.

—Nada.

Glynna sabía que aunque la aventura amorosa que habían vivido se había terminado, las repercusiones de aquellos días la afectarían para siempre. Había salido a explorar su lado salvaje y había acabado con el corazón dominado por un hombre al que no podía tener.

—¿Te han dicho alguna vez que no sabes mentir? —preguntó Nick.

—He visto cómo os miráis Jake y tú —aseguró Stacy—. Como si no pudierais manteneros lejos el uno del otro.

Glynna se sonrojó.

—Puede ser. Pero ya se ha terminado.

—En ese caso, ¿por qué quitó Jake de su exposición las fotos que te había hecho?

Ella se volvió a mirar a Nick con los ojos desmesuradamente abiertos.

—¿Qué? ¿Cómo sabes lo de esas fotos?

—Tranquila. Terrence, el dueño de la galería, es amigo mío —le explicó Nick—. Sabía que conozco a Jake y me llamó, histérico, porque Jake estaba quitando de la exposición su mejor trabajo, por si no fuera bastante que se negara a venderlo. Cuando me comentó que la modelo era morena y que Jake le había dicho que era personal, sólo tuve que atar cabos.

—¿Quitó las fotos de la exposición?

—Debe de haberlo hecho para no avergonzarte —dijo Stacy—. O tal vez porque esas imágenes eran demasiado privadas para él.

Glynna se cubrió la cara con las manos.

—¿Por qué habrá hecho algo así?

Stacy le acarició un brazo.

—Cariño, Jake está enamorado de ti.

—No puede ser.

—¿Por qué te cuesta tanto creerlo? Eres increíble, y me cuesta imaginar que pueda encontrar a alguien mejor que tú.

Glynna se sintió abrumada por la esperanza. La idea de que Jake pudiera estar enamorado de ella la embriagaba como si hubiera bebido más champán del que debía. Se preguntaba qué pasaría si le decía a Jake que estaba enamorada de él, si sus palabras servirían para que modificara su decisión.

—Aunque fuera verdad, no cambiaría nada. Jake se va a Nueva York, y yo me quedo aquí. Fin de la historia.

—Pues escribe un final nuevo.

Las dos mujeres se volvieron a mirar a Nick. Él sonrió y añadió:

—No me miréis así. Que sea director artístico no significa que no pueda pensar ocasionalmente como periodista. ¿No has reescrito nunca una historia?

—Pero ¿qué podría hacer con ésta? —preguntó Glynna.

—Ve a buscarlo —dijo Stacy —. Dile lo que sientes. Lo que sientes de verdad.

Glynna se preguntaba si tendría el valor

necesario para desnudarle su corazón, como se había atrevido a desnudarse ante la cámara.

—Tengo que pensármelo —declaró, después de un momento.

Nick ayudó a Stacy a levantarse del sofá y le hizo una seña para que no dijera nada más.

—Es hora de que nos vayamos. Creo que ya hemos hecho suficiente. El resto depende de Glynna.

—Gracias por haber venido —les dijo ella, con una sonrisa—. Me habéis dado mucho en qué pensar.

—Llámame si necesitas algo —insistió Stacy—. Lo que sea.

—Lo haré. Lo prometo.

Mientras los acompañaba a la puerta, Glynna se maravilló de ver lo diferente que era Stacy cuando estaba con Nick.

No sabía si ella podría llegar a ser tan vulnerable con Jake, pero valía la pena intentarlo.

Capítulo dieciocho

DE pie en la puerta del despacho de su padre, Glynna se dio cuenta de cuánto tiempo había pasado sin mirarlo de verdad. La impresionaba ver lo avejentado que estaba y le dolía pensar en todo el tiempo que había desperdiciado con sus discusiones, por no prestarse atención.

Carraspeó y dio un tímido golpecito en la puerta. Él levantó la vista, sobresaltado. Al verla, se enderezó en su asiento y deslizó las manos por el libro que tenía abierto frente a él.

—Pasa, Glynna.

—He ido a tu casa, pero al ver que no estabas he venido aquí —dijo, acercándose al escritorio—. ¿Qué estás mirando?

—Viejos números del Texas Style. De la época en que tu abuelo dirigía la publicación —giró el libro para que pudiera verlo mejor y señaló la fotografía de una mujer muy atractiva—. Ésta es tu madre cuando tenía tu edad.

Aunque había visto cientos de fotos de su madre, Glynna nunca había visto aquélla. Su madre también había escrito en la revista, y en la imagen estaba recibiendo un premio y sonriendo a la cámara. Se le llenaron los ojos de lágrimas al pensar en lo injusto que había sido no poder llegar a conocerla bien.

Gordon volvió a tomar el libro.

—¿Para qué me buscabas?

—Tenemos que hablar.

—Sí. Esta tarde nos hemos dicho muchas cosas que no hemos debido decir.

Instintivamente, Glynna le cubrió las manos con las suyas.

—Entiendo por qué crees que te he traicionado al vender el artículo, pero ésa no era mi intención.

Gordon asintió.

—Lo sé. Para un hombre de mi edad no es fácil admitir los errores —reconoció, mirando una vez más la fotografía—. Después de la muerte de tu madre, me prometí que haría de ti una mujer de la que ella pudiera estar orgullosa. Cuando vi lo mucho que te gustaba escribir, me di cuenta de que podrías tener el éxito que ella no había tenido oportunidad de alcanzar.

—He leído algunos de sus trabajos. Era muy buena.

Gordon la miró a los ojos.

—Tienes su talento. Creí que si te hacía trabajar duro y te enseñaba a ser fuerte, haría de ti alguien muy importante. Pero cuando supe que tenías todo lo necesario para hacer lo que quisieras con tu vida, no podía soportar perderte.

Glynna estaba temblando. No podía creer que su padre la considerara tan buena periodista, y menos aún, que lo reconociera en voz alta.

—¿Qué quieres decir?

Él se apartó y la contempló con detenimiento.

—Has hecho todo lo que podías hacer en la revista. Necesitas afrontar nuevos retos. Me temo que es hora de que acepte que el Texas Style se te ha quedado pequeño.

Ella asintió, aunque sin dar crédito a sus oídos.

—He estado pensado que me vendría bien alejarme durante un tiempo. Trabajar en otra parte. Eso no significa que no vuelva aquí alguna vez.

—Espero que quieras conservar el negocio de la familia —dijo, volviendo a mirar la fotografía—. Creo que es lo que ella habría querido.

—Y lo que yo querría. Pero he pensado que ver cómo funcionan otras publicaciones sería un valor interesante para cuando tenga que dirigir esta revista... Algo que espero que no pase en mucho tiempo.

—Me temo que antes de lo que crees

—declaró su padre, con una sonrisa—. Recuerdo cuando de pequeña te pasabas las tardes jugando en mi despacho mientras yo trabajaba. Te daba un papel y un lápiz, y tú te tumbabas en el suelo y escribías historias. Ya entonces decías que querías ser periodista y trabajar para mí.

El recuerdo la emocionó hasta las lágrimas. Llevaba años sin pensar en aquellos días. Entonces, su padre y ella eran casi inseparables, y ella se pasaba las tardes jugando a que trabajaba para él.

—Esta tarde he mencionado que había pedido que te incluyeran en la junta directiva. Lo que no te he dicho es que hacía tiempo que lo tenía pensado.

—Es un honor para mí.

—¿Y adónde piensas ir?

—No estoy segura.

La idea de salir del mundo que conocía la hacía temblar de miedo, pero en los últimos meses había descubierto que era una mujer valiente, y sabía que podría hacerlo.

—Sabes que cuentas con todo mi apoyo para lo que necesites —dijo Gordon, poniéndose de pie—. Sé que no te he dado lo suficiente, pero soy capaz de admitir mis errores y de tratar de enmendarlos.

Ella se levantó de su silla y rodeó el escritorio para abrazarlo.

—No hay muchas personas capaces de sacar adelante una revista como tú. Admiro la forma en que dejas que Stacy lleve adelante cambios radicales, aunque vayan en contra de tus ideas.

—Me considera un dinosaurio anquilosado.

Glynna soltó una carcajada y le acarició el brazo.

—Y tú se lo permites.

—Tu madre fue la última mujer que me plantó cara de esa forma. Y tenía la confianza y la terquedad necesarias para hacer frente al mundo. Tú también tienes el espíritu de tu madre. No te he dado mucha posibilidad de demostrarlo, pero en las últimas semanas ha empezado a aflorar.

Ella sonrió.

—Así es —afirmó, abrazándolo con fuerza—. Te quiero, papá.

—Yo también te quiero, pequeña.

Glynna fue incapaz de seguir conteniendo el llanto. Su padre llevaba más de un decenio sin llamarla así. Él le tendió un pañuelo de papel y le acarició la cabeza.

—Todo se arreglará —le susurró Gordon al oído—. Ya verás.

Ella asintió. A pesar de todo, siempre había creído en sus palabras. Aquel día estaba dando un gran paso. No estaba segura de adónde la llevaría, pero sabía que tenía las mejores herramientas para hacer lo que quisiera: el talento de su madre y la fuerza de su padre.

Jake cerró la última caja de libros y la puso a un lado. Con todo empaquetado, su piso tenía un aspecto triste y sombrío. Ya había enviado unas cuantas cosas a Nueva York, y estaba esperando a que llegara el camión de la mudanza.

Se suponía que debía estar lleno de energía e impaciente por concretar su sueño de toda la vida. Sin embargo, se sentía agotado y aterrado por tener que empezar de nuevo en otra lugar,

Sacó el móvil del bolsillo y lo volvió a guardar; necesitaba hablar con Glynna, pero no sabía qué decirle. No quería despedirse ni decirle lo que sentía de verdad.

Al oír el timbre de la puerta frunció el ceño y fue a abrir. Si eran los de la mudanza, tendrían que esperar, porque habían llegado antes de lo acordado y aún no estaba listo.

Se asomó por la mirilla y sintió que se le paraba el corazón. Miró a Glynna durante un momento antes de abrirle la puerta.

—No esperaba verte aquí —dijo.

Ella sonrió y entró en el piso, cargada con

dos maletas.

—Sabía que te sorprendería.

Jake la siguió, aturdido.

—¿Te vas de viaje?

Glynna dejó el equipaje en el suelo y se volvió para mirarlo.

—He dejado el trabajo en la revista.

Él asintió.

—Sé que Gordon estaba muy enfadado por lo del artículo.

—Sí, pero hemos hablado mucho. Se ha disculpado y todo.

—¿Gordon pidiendo disculpas?

Glynna soltó una carcajada.

—Sé que parece un monstruo, pero en el fondo no es tan terrible. Hemos aclarado todas nuestras diferencias y acordado que para mí sería bueno trabajar en otra parte, al menos durante un tiempo.

—¿Y adónde vas?

—Tengo dinero ahorrado y una carpeta llena de artículos a medio hacer, así que he pensando en trabajar de autónoma diente durante un tiempo.

—Pero ¿adónde vas con esas maletas?

Ella sonrió con complicidad.

—Estaba pensando en Nueva York. ¿Crees que podemos compartir el taxi al aeropuerto?

Jake se dejó llevar por la emoción y corrió a abrazarla.

—¿Y qué te parece si compartimos algo más? —preguntó, acariciándole la mejilla.

—¿Qué sugieres?

—Ya he alquilado un piso.

Ella se echó hacia atrás y lo miró a los ojos.

—¿Me estás pidiendo que viva contigo?

Él se estremeció.

—Algo más que eso.

Glynna frunció el ceño y se apartó.

—Necesito las palabras, Jake. Las correctas.

Jake bajó la cabeza y respiró profundamente. Glynna tenía razón. Se merecía palabras, imágenes, gestos y todo cuanto deseara.

—Glynna, te amo —dijo—. Y todo el éxito del mundo no significa nada para mí si no estás a mi lado para compartirlo conmigo.

Ella asintió.

—Sigue...

Jake tragó saliva. Quería abrazarla, apretarla contra su pecho y besarla hasta quedar sin aliento, para demostrarle lo mucho que la quería, tanto que no había palabras que pudieran describirlo.

Pero si ella quería palabras, se las daría. Sin soltarle las manos, se arrodilló frente a ella y la miró a los ojos, con toda la intensidad de su amor.

—Glynna McCormick, ¿te quieres casar

conmigo? —preguntó—. Quiero pasar el resto de mi vida fotografiándote.

—¡Oh, Jake! —exclamó ella, dejándose caer entre sus brazos—. Sí, sí.

Se besaron apasionadamente, intercalando las palabras de amor con los besos, las caricias y el calor que los inundaba. Se tumbaron en el suelo y se abrazaron como si acabaran de descubrirse. Jake se recostó sobre ella y sonrió.

—Nunca me cansaré de mirarte. Ni de tocarte.

—Nunca me cansaré de amarte —dijo ella—. Creo que lo sé desde la primera noche que pasamos juntos.

—¿Te refieres a la noche en que me sedujiste?

—Yo no te seduje.

—Claro que sí. Recuerdo perfectamente la escena: la tímida Glynna McCormick avanzando hacía mí por la playa...

Ella soltó una carcajada.

—¿Y qué pensaste?

—Que había mucho más en ti de lo que esperaba —declaró él, tomándola del trasero—. Cosas que quiero pasarme la vida descubriendo.

Ella le besó el cuello.

—¿Jake?

—¿Sí...?